妹の身代わり生贄花嫁は、10回目の人生で鬼に溺愛される

編乃肌

JN229575

スターツ出版株式会社

〝死〟を繰り返した少女は、過酷な運命の中で何度も絶望しかけた。

それでも幸せに生きる願いを捨て切れなかった。


「お前は今この時から――たったひとりの、俺の花嫁だ」

生贄に捧げられ、また死が訪れるのを待つだけだと思っていた……けれども、手にしたのは永久に続く幸福な愛だった。

「私は貴方《あなた》からの愛を受け取るために、死と回帰を繰り返したのです」

そう涙する少女を、〝あやかしの王〟と謳《うた》われる鬼は優しく抱き締めた。一生離さないと誓うような温かい抱擁《ほうよう》であった。

これは少女と鬼が、共にいる未来を手に入れるまでの物語――。

目次

妹の身代わり生贄花嫁は、10回目の人生で鬼に溺愛される

一章　死に戻りの生贄花嫁

早朝の空は、鈍色《にびいろ》の雲で覆《おお》われている。

季節は夏を目前にした梅雨《つゆ》で、今にも雨が降り出しそうだ。

そんな空を物悲し気に見つめながら起床した千幸《ちゆき》は、疲労を色濃く残す体に鞭《むち》打ってなんとか支度をし、現在は台所で包丁を握っていた。味噌汁《みそしる》の具材である長ネギをトントンと切る。

村で一番大きな屋敷の台所は広く、千幸以外にも数人の女中たちが、竈《かまど》に薪《まき》をくべたり、網で魚を焼いたりと、忙《せわ》しなく朝餉《あさげ》の準備をしている。

……正確には、千幸は彼女たちのような女中ではない。

この名取《なとり》家の紛《まご》うことなき長女だ。

だが華奢《きゃしゃ》な体に纏《まと》うのは、着古された木綿の着物一枚。色艶《いろつや》を失くした髪は雑にくくられ、カサついた唇に青白い頬と、みすぼらしい見た目をしている。その姿からもわかる通り、千幸は生まれ育った家で女中以下の扱いを受けていた。

「痛……っ！」

霞《かす》む視界のせいで、うっかり包丁で少し指先を切る。血がポタリと一滴まな板に落ちた。

途端、ふくよかな女中頭に横から怒鳴られる。

「ちょっと、なにしているんだい！　この無能！」

慌てて千幸は頭を下げるも、女中頭は忌々《いまいま》し気に舌打ちをする。

「お前の汚い血がついたら野菜が台無しだよ！　まったく使えない子だね！　巫女《みこ》の力がないだけでなく、仕事ひとつ出来ないなんて！」

「無能」、「汚い血」、「巫女の力がない」……そうした罵倒は、千幸の胸に黒い澱《おり》のように積もっていく。

「す、すみませ……っ！」

――名取家は〝あやかし〟を祓《はら》う巫女の家系だ。

世には人ならざる異形の者が蔓延《はびこ》っており、それらはあやかしと言い、時に深刻な害を人々に及ぼす。

あやかしを祓える者は特別な〝浄化の力〟を持ち、遠くの帝都では〝祓除師《ふつじょし》〟などとも称されるが、千幸の村では女性にのみ能力が受け継がれて来たため、巫女と呼ばれていた。

村をあやかしから守る巫女は崇《あが》め讃えられる存在で、特に強い巫女を生んで来た名取家は村の中心だ。

しかし……そんな名取家に生まれながらも、千幸には浄化の力がなかった。

双子の妹には強い力があるのにと、比べられて冷遇されている。両親には「本当に同じ血が流れているのか」「呪われているんじゃないのか」とまで疑われ、とっくに千幸は見限られていた。

……ただ実は、千幸には能力がまったくないわけではなかった。

あやかしの浄化は出来ずとも、隠された力がある。

それは……。


ドンッと、俯《うつむ》いていた千幸はいきなり突き飛ばされた。箱膳を運んでいた別の女中が、わざとぶつかって来たのだ。

「邪魔なんだけど？　働くことも出来ない無能は、どこか消えてくれる？」

床に倒れ伏す千幸に、その女中は侮蔑の目を向ける。他の女中たちもクスクスと冷笑を浴びせ、女中頭は「さっさと立ちな！」とさらに怒鳴る。

(ああ、まただ……ここまで〝前の人生〟と同じ)

諦観《ていかん》を込めて、千幸は冷たい床を見つめた。

(それなら、次は……)

そこで台所の入口から、縮緬《ちりめん》の着物姿の少女が現れる。女中たちは一斉に姿勢を正した。

「朝からなんの騒ぎ？」

「あ……み、美恵《みえ》お嬢様……！」

女中頭までもかしこまる美恵は、名取家の次女……千幸の双子の妹だ。

もとの顔立ち自体は一卵性の双子なので似通っているが、身形や佇《たたず》まいには雲泥《うんでい》の差があった。

美恵の母譲りの栗色の髪は、毛先までしっかり櫛《くし》で梳《と》かれ、ふんわり波打つ様は華やかである。白い肌は手入れされていることがよくわかり、カサついて荒れている千幸とは大違いだ。

着物も帝都で流行《はや》っているというハイカラな柄物で、赤地に紫の蝶が大胆に描かれている。

美恵がどうしても着てみたいと強請《ねだ》ったため、父がわざわざ仕立てを頼んだ一着らしい。

（私は欲しがることさえ認められていないのに……）

幼少期はまだ、千幸の境遇を不憫《ふびん》に思ったお初《はつ》という若い女中が、さり気なく世話を焼いてくれていた。女中たちにいじめられても庇《かば》ってくれ、裏庭でひとり泣く千幸の手に、お初の好物だという金平糖を握らせて慰めてくれていたのだ。

彼女の「千幸お嬢様はいつかきっと、素敵な人と出会って幸せになれますよ」という言葉が、千幸の心の支えである。

そんなお初が結婚を機に女中を辞めて帝都に行ってしまい、千幸を気に掛けてくれる者は誰もいなくなった。

いつかお初と再会することが、千幸のささやかな夢だ。

だけどその夢を叶えるには、千幸はまず夏の終わりまで生きなくてならない。なにもしなければ、すぐそこに待ち構えているのは——死の運命だ。

「ねぇ、どうして千幸お姉様は台所の土間で座り込んでいるの？　地べたがお好きなのかしら」

「ち、千幸が野菜を切るのに粗相をしたため、叱っておりまして……その途中で勝手に倒れたのです」

「ふぅん……あら、指から血が出ているじゃない」

女中頭のその場しのぎの説明を聞いて、美恵は軽い足取りで千幸に歩み寄った。しゃがんで千幸の怪我をしたほうの手を取り、にんまりと意地の悪い笑みを真っ赤な唇に乗せる。

「とっても可哀想」

「いっ……！」

気遣っているように見せかけて、美恵は傷口に長い爪を立てた。止まりかけていた血がぷっくりと出て、千幸は痛みを耐える。

こういった美恵の陰湿な嫌がらせは、もう何度も受けて来た。

そう、何度も。

「もうお姉様に厨房はいいわ、下がらせてあげて」

女中頭に微笑《ほほえ》むと、千幸の耳元で美恵はボソッと囁《ささや》く。

「……後でお父様たちからも話があるから。私の部屋に来てね」

有無を言わせぬ命令を残し、美恵はさっさと去って行った。ようやく千幸は、血の出た手を押さえてふらりと立ち上がる。

「美恵お嬢様はいつも、お綺麗《きれい》な上にお優しいねぇ。さすがは村を守ってくださっている巫女姫様だ」

感嘆の息を吐く女中頭は、美恵の本性を知らない。屋敷の者にとどまらず、村中がそうだ。美恵が悪辣《あくらつ》な本性をぶつけて来るのは、姉である千幸にだけだった。

手を切ってしまうほど疲労が溜《た》まっていたのだって、美恵が夜通し大量の繕いをさせたからで、嫌がらせ以外の何物でもない。

「……ちょっと、無能！　ボサッとしているんじゃないよ！　働かないならさっさと行きな！」

女中頭の怒鳴り声と、他の女中たちの侮蔑の視線にハッとなって、千幸はそそくさと台所から出た。

指先はズキズキと痛み続けている。板張りの廊下を速足で進みながら、鬱屈《うっくつ》とした想いを内心で吐き出す。

(この十回目の人生も……なにも変わらないのかな)

千幸は浄化の力がない代わりに、〝回帰〟という稀有《けう》な能力を有していた。

言い換えれば、〝死に戻り〟だ。

十七歳の半年間を、もう何度も繰り返している。

夏の終わりまで千幸は生きられず、それまでに必ずなんらかの原因で死に至る。そして死ぬと、春の初め頃に巻き戻るのだ。

すでに九回も不幸な死を遂げていた。

崖から真っ逆さまに落ちての転落死、毒を持つ蛇《へび》に噛《か》まれての衰弱死、川に溺れての溺死……死に方は様々で、もっと悲惨なものも経験した。ただどうしてそんなことになったのか、経緯は朧気《おぼろげ》だ。

回帰を繰り返すごとに、前の人生での記憶はところどころ抜け落ちてしまう。しっかり覚えていることもあれば、ふとした瞬間に思い出すことも、既視感を抱くだけのこともある。

一回目の人生に至っては空白に近かった。最初の死がどんな形だったのかも忘れてしまっている。

死を回避しようと何度となく足掻《あが》いてきたが、その度に苦しみは増す。

そして、今の世は十回目。

千幸は己の境遇に疲れ、嘆き、心をすり減らしながらも……まだどこかで希望は捨てられずにいた。

（私は生きて未来に進みたい。お初のくれた言葉のように、素敵な人と出会って幸せになりたい）

この十回目は、なにかが変わるのではないかと漠然とした期待があった。今度こそ、死に続ける運命の輪から抜け出せるのではないか、と。

……だからこそ、両親と美恵に告げられた非情な宣告に、千幸は目の前が真っ暗になった。


「い、生贄《いけにえ》ですか？　私を……？」

十二畳ほどの美恵の部屋には、鏡台や桐簞笥《きりだんす》、床の間に生け花などが置かれている。

その床の間を背に、栗色の髪をひさし髪に結った細面の母・梅香《うめか》、どっしりと恰幅《かっぷく》のよい父・耕太郎《こうたろう》、美恵が並んで、千幸と相対していた。

動揺する千幸に、梅香は我が子に対するものとは思えぬほど温度のない眼差しを向ける。

「一回で理解出来ないの？　那由他山《なゆたやま》に住む鬼が、人里近くまで現れたとの噂《うわさ》が回ってきたのよ。かつてこの辺りの村一帯を滅ぼした、醜く恐ろしい鬼がね」

「鬼……」

あやかしにも種族はあり、中でも最恐を謳われているのは鬼だ。大きな体躯《たいく》に、頭から生えた角がおぞましく、知能は高くも残虐で、人間を鋭い爪で引き裂いて食うと云われている。

「好物は若い女で、本来は私みたいな力ある者が一番美味《おい》しいらしいの。力ある者を喰《く》らうことで、より強くなるとかで。でもほら、巫女の私がいなくなったら困るでしょう？　お姉様と違って」

つまり、千幸は妹の身代わりになるということだ。

鬼相手では、下手な祓除師は太刀《たちう》打ち出来ない。巫女の力をもってしても浄化することは難しいだろう。

加えてこの村と隣村とを隔てる那由他山、そこに住む鬼は〝あやかしの王〟と畏怖《いふ》されるほどで、神に匹敵《ひってき》する力を持つそうだ。

だからこそ、生贄を差し出して交渉しようというのが、父母の考えだった。大事な美恵ではなく、いらない千幸を選んで……。

「すでに村の他の有力者たちにも話は通している。お前を生贄にすることに、皆が賛同したよ」

「村を救えることを誇りに思うのよ、千幸」

耕太郎がふんぞり返り、梅香が冷笑を浮かべる。黙ったままの美恵は仄暗《ほのぐら》い表情を浮かべていた。

千幸は九回の人生でも覚えのない展開に、畳に両手を突きながらも困惑する。

（那由他山の鬼が現れたことなんて、今まで一度も……。ううん、一度だけあった気も……？）

なにか思い出しかけるも、酷い頭痛に襲われるだけだ。思い出せたところで、現状を変えられる気はしなかった。

（……次は、鬼に殺されるのね）

今まで経験したどの死よりも、それは恐怖を掻き立てられた。

夏の終わりを生きて迎えるどころか、梅雨明けの晴れた空さえ、此度《こたび》は拝《おが》めないらしい。

期待した十回目でも、運命を変えられない状況に千幸の体から力が抜けていく。全身が泥に浸かったように重くなる。

「お姉様、返事は？」

気付けば美恵の高圧的な問い掛けに、千幸は額を畳につけて「はい」とか細く答えていた。

「ようやく無能なお前でも役に立つな」

「仮にも巫女の家系の娘なら、鬼も納得するでしょう」

「お姉様なら私の代わりにピッタリだわ」

両親と美恵はどんどん話を進めていく。

生贄に捧げられる日は、準備も含めて三日後に決まった。こんなに早く死が来るなんて、今までで一番生きていられる期間が短い。

(いっそのこと、逃げてみる？　この村から)

なんとか生き長らえる方法を模索するも、この案は即座に断念した。六回目くらいで試したことがあったからだ。

蝉《せみ》が鳴き出す頃に決行したが、あっさり美恵によって連れ戻され、食事を三日抜かれる折檻《せっかん》を受けた。

必要のない人間でも、勝手に逃げることは許せなかったのか。あの時はようやく与えられた果物で食当たりを起こし、そのまま弱って死んでいった記憶が、曖昧《あいまい》だが千幸にはある。

(もう無様に死んでいくのは嫌)

布の切れ端で止血した指が、惨《みじ》めさで震えている。包丁で切ったところがまだ痛むが、胸の痛みの方が強かった。

美恵ほどでなくとも巫女としての能力さえあれば、こんな目に遭いはしなかっただろう。千幸にあるのは、求めていなかった回帰の力だけだ。

（私はどうすれば……）

最後まで頭を上げられなかった千幸は、美恵が意味ありげに瞳を光らせていたことに気付かなかった。


三日後。

千幸は成すすべもなく、生贄となる日を迎えた。

主にあやかしは夜に活動するため、準備は夕刻から行われた。

朝からなにも食べさせてもらえず、真水で身を清められ、死装束を思わせる白地の着物を着せられた。そこから歩いて山へと向かう。

夜の那由他山は生温《なまぬる》い風に草木が揺らめき、おどろおどろしい空気が漂っていた。満月の光をも呑み込む闇がそこには広がっている。

集まった一部の村人たちは火のついた松明《たいまつ》を持ち、千幸を囲んでいた。千幸が暴れたり逃げたりしないようにするためだ。

一歩、代表して耕太郎が前に出る。梅香と美恵は、離れたところで事の成り行きを静観している。

耕太郎が山に向かって声を張り上げた。

「那由他村に住む鬼よ！　我々はお前と争う気はない！」

息を吸い込んで、さらに続ける。

「ここに生贄の娘を用意した！　この者を差し出すので、村には手を出さないでもらいたい！」

シン……と刹那、辺りが静まり返り、次いで山の方から突風が吹き荒れる。松明の火がいくつか消え、美恵を含めた村人たちは慄《おのの》いた。

「な、なによ!?　この風っ！」

乱れた栗色の髪を押さえて、悪態をつく美恵。

凄《すさ》まじい勢いの風はそのまま、千幸の白装束の袖を舞い上げる。今日までほとんど眠れず体力の落ちていた千幸は、思わず冷たい地面に膝をついた。

「あっ……！」

座り込んだまま顔を上げると、山を背にひとりの男性が立っていた。

六尺近くはある背に、逞《たくま》しい体躯。

呂《ろ》色の上質な着物の上に、鮮烈な唐紅《からくれない》が映える羽織を肩から掛け、右手には赤いとんぼ玉の連なる数珠をつけている。腰まで流れる長髪は薄っすら紫がかった黒で、極上の絹糸のようだ。

立ち姿もだが、その相貌も息を呑むほどに美しい。完璧に整った造形で、とりわけ目を引くのは輝く金色の瞳だった。

（この方が〝あやかしの王〟と呼ばれる鬼……？　どこが醜く恐ろしいのかしら。こんな綺麗な方なのに）

村人たちが呆《ほう》ける中、千幸も見入ってしまっていた。

だが彼の額から伸びる黒々とした二本の角に、梅香が我に返ったように「ヒッ！　鬼だわ、鬼よ！」と悲鳴を上げる。

「……なんだ。俺を呼び出したのは、貴様らだろう」

不愉快そうに鬼が、村人たちを睨《にら》み付ける。

齢《よわい》は千幸より五つほど上くらいに見えるが、全身から発する迫力は百年以上生きた者の重みがあった。

人間ではないのだ。

その事実が、遅れて村人たちに恐怖を伝播《でんぱ》させる。

だけど千幸は角やその迫力を前にしても、ちっとも怖くはなかった。

村を治める長としての矜持《きょうじ》か、震えながらも耕太郎が鬼に向かい合う。そして、いまだ地面に座り込む千幸を指差した。

「あ、あやかしの王よ！　生贄はそちらの娘だ！」

「生贄……」

スッと、鬼が千幸の方を向いた。金色の瞳と視線が交わる。

「うっ！」

千幸の脳に鈍い衝撃が走るのと同時に、鬼は驚きを露わにした。なにか得心がいった様子でもある。

「ああ……そうか。そういうことだったのか」

「え？」

鬼は千幸に歩み寄り、優しく手を取って立ち上がらせた。踏ん張りがきかず、ふらつく細い体を抱き留めてくれる。

「俺はミコトだ。お前は千幸、だな」

「な、なんで私の名前を……」

「いいか？　千幸。お前は今この時から――たったひとりの、俺の花嫁だ」

千幸は目を見開いた。

脳の鈍痛はいつの間にか引いていたが、言葉の意味を上手く咀嚼《そしゃく》出来ない。

(花嫁って……私は食われるための、生贄ではないの？)

戸惑う千幸の頬を、ミコトがやんわりとした手つきで撫《な》でる。彼の表情や態度、その一挙一動からは、出会ったばかりなのに千幸を大切に扱おうとしてくれていることがわかった。

ますます千幸は戸惑うばかりだ。

そこで「ちょっと！」と怒りの声を上げたのは美恵である。

「貴方、凶暴な鬼なのでしょうっ？　お姉様が花嫁ってなによ？　生贄なんだから、さっさと……！」

どこか焦ったように早口でまくし立てる彼女は、醜いと思っていた鬼が美しい男で、嫌う姉を慈《いつく》しんでいる現状が許せないようだった。

強い負の感情をぶつけて来る片割れの姿に、千幸の心が軋《きし》む。

(今さらかもしれないけど……美恵は私のこと、本気で嫌って憎んでいるのね)

仮にも双子なのだから、回帰を繰り返すうちにいつか仲良くなれる日が来るかもしれない。そう心の隅で抱き続けていた幻想は、今ひっそりと消えた。ミコトの前でつい悲愴な表情を晒《さら》してしまう。

泣きそうな千幸を隠すように、ミコトは彼女を胸に深く抱き込んだ。口元から牙を剥《む》き出しにして、木々さえ震えるほどの怒りを美恵に向ける。

「……黙れ。千幸をこれ以上悲しませるなら、容赦《ようしゃ》はしない」

「っ！」

圧倒された美恵が後退《あとずさ》る。

固まる村人たちに、ミコトは朗々と告げた。

「お前たちの望み通り、村には手を出さないでやる。代わりにこの娘は我が花嫁として貰《もら》い受ける。金輪際、俺にも千幸にも関わるな」

美恵はまだ食って掛かろうとするも、慌てて耕太郎と梅香が宥《なだ》めに入る。

「やめなさい、美恵！　お前の代わりに千幸さえ差し出せば、穏便に済むことは変わらんだろう！」

「そうですよ！　鬼に逆らってはいけないわ！」

「でも……っ！」

揉《も》めている美恵たちなどもう眼中にはないようで、ミコトは千幸の体を横抱きにした。視界がぐるりと変わる。

いきなりなことで、千幸は短く悲鳴を上げた。

「きゃっ！」

「すまない、これから俺の住処である幽世《かくりよ》に連れて行くためだ。落とさないから安心しろ」

「か、かくりよ……？　鬼の貴方様は、那由他山に住んでいらっしゃるのでは……」

「那由他山には、幽世に通じる〝道〟があるというだけだ。幽世は人間たちの住むこの場所とは違う、あやかしのためのの空間だからな」

「あやかしのための……」

　そんな空間があるなんて、十回の人生でも千幸は初めて知った。不思議とあやかしの世界だと聞いても、恐怖心は抱かない。

　この村に居続けることの方が、千幸にはよほど恐怖だ。

　じっと、ミコトはなにかを訴えるように千幸を見つめる。

「それと、俺のことは名で呼べ。これから夫婦になる仲だ」

「……ミ、ミコト様？」

　まだ花嫁や夫婦など受け入れられていなかったが、千幸はおずおずと呼んでみた。

　すると意外にもその名は口に馴染み、ミコトも嬉《うれ》しそうに口角を上げる。

（本当に綺麗な方……）

　その笑みに心奪われているうちに、強い風が吹いてミコトの周りを取り囲んだ。現れた時もそうだったが、彼は風を操るらしい。

　鬼は強い個体だと、火や水など自然の力を使えるという。

「では行くぞ、千幸」

　風に乗って空から移動するようで、浮遊感が千幸を襲う。ミコトの足が地面から浮いていた。

一方で美恵は両親を振り払って、諦め悪く千幸に腕を伸ばそうとする。

「お姉様あああっ！」

目を爛々《らんらん》と光らせ、眉を吊《つ》り上げた美恵は、鬼のミコトよりもよほど鬼らしい形相をしていた。

その魔の手は風に阻まれて、千幸には届かず……。

あっという間に、ミコトは千幸を抱いて上空に飛び上がった。

「わあ……っ！」

空からの景色に、千幸は純粋に心が沸き立つ。

夜風は心地よく、月がいつもより近い。

地上を見下ろせば、村や那由他山どころか、遠くの帝都の灯りまで目で捉えられた。

千幸を苦しめていた美恵たちは豆粒のようだ。

（私はあんなに狭い村で、何度も死に続けて来たのね……）

そこから抜け出せたと思えば、一気に疲労感が全身を覆った。まだ景色を観ていたいのに、どんどん瞼《まぶた》が重くなる。

闇夜でも映える、艶のある長い黒髪を風に遊ばせながら、耳に浸透する低音でミコトは促す。

「眠るといい。お前が望むなら、またいつでも空だろうが何処《どこ》へだろうが、俺が連れて行ってやる」

「どうして、私にそこまで……」

初対面なのに名前を知っていて、こんなに優しくしてくれる理由を、千幸は尋ねたかった。

だけどミコトの胸の温かさに逆らえず、瞼はついに閉じ切ってしまう。

千幸の意識が闇に溶ける前、最後にミコトは囁いた。

「おやすみ、俺の花嫁」

＊　＊　＊

目覚めた時、千幸の視界に広がったのは見慣れぬ板張りの天井だった。

「ここは……？」

四方が襖で囲まれた広い和室。

その真ん中に敷かれた布団に、千幸は寝かされていた。

額には袋に氷を入れた氷嚢《ひょうのう》が載せられており、すでに半分以上溶けて水袋と化している。誰かが置いてくれただろうそれを、そっと退かす。

布団も枕も最上級の寝心地で、千幸は惜しむ気持ちがありながらもぐっと体を起こした。

名取家では古びた物置が千幸に与えられた部屋であり、寝具だって薄っぺらいものだった。目覚めの快適さがここまで異なるのかと、密かに驚く。

「私は確か……」

寝起きのぼんやりした頭で、自分の身に起きたことを思い返してみる。

十回目、生贄、鬼、花嫁……怒涛《どとう》の出来事ばかりで混乱していたが、ようやく脳が追いついて来た。

「私はミコト様に、幽世に連れて来られたの……？」

疑問を口にすると同時に、襖がゆっくりと開く。

四方の襖にはそれぞれ四季の花の意匠が施されており、千幸の右手側には絢爛《けんらん》たる枝垂《しだ》れ桜、左手側には大輪の向日葵《ひまわり》、背後には楚々とした金木犀《きんもくせい》、正面には艶やかな椿が咲いていた。

開いたのは桜の襖で、その向こうは廊下のようだ。

「まあ！　お目覚めになりましたか！」

現れたのは、結い上げた髪も肌も真っ白な、ほっそりとした妙齢の女性だった。着物も白く、唯一色の入った薄浅葱《うすあさぎ》の帯で締めている。

彼女は布団の傍まで来ると、膝を折って千幸の右手を取った。その手は氷のようにひんやりとしていて、千幸は僅《わず》かに肩を跳ねさせる。

「あらっ、申し訳ございません。人間の千幸様には冷たかったでしょうか」

「い、いえ！」

温度調節がどうの……と呟《つぶや》く女性に、千幸は慌てて大丈夫ですと伝える。少々驚いただけだ。

「ミコト様から、千幸様のお世話を任されました。タマユキと申します」

「タマユキさん……」

「だいぶお体も痩せて、弱っていたご様子で……軽い熱も出ていたのですよ。お加減はいかがでしょうか？　辛いところなどありませんか？」

「と、特には」

今は丑《うし》の刻の真夜中だそうで、幽世に千幸が連れて来られてから時間がそれなりに経過している。寝不足や過労などがいっぺんに体中を巡《めぐ》った故か、熱を出して昏々《こんこん》と眠っていたようだ。

またよく見ると千幸は、着ていた白装束から肌触りのよい藍色の浴衣に着替えさせられていた。

着替えはタマユキがしてくれたそうで、その際に貧相な体つきを見られたらしい。気恥ずかしく思いながらも、千幸は控え目に尋ねる。

「あの……タマユキさんも、ミコト様と同じあやかしですか……？」

一見するとタマユキは人間と変わらないが、気配があやかしだ。浄化の力は持たぬ千幸だが、あやかしと人間を見極めるくらいは容易だった。

タマユキは胸に白魚の如《ごと》き手を当てる。

「私は〝雪女〟と呼ばれる種族でございます。この幽世にいる者は皆、人間ではなくあやかしですよ」

幽世について、タマユキは詳しく話してくれた。

曰く、遥か昔は人間とあやかしは上手く共存していた。互いの住処を荒らすことなく、ほどよい距離感を保っていた。だが人間の数が増え、その悪意や負の感情に触れるにつれ、一部のあやかしは凶暴化して人間を襲うようになっていった。

すると人間側もまた、あやかしに対抗するようになる。そうして生まれたのが祓除師や巫女だ。

気付けば人間とあやかしは、争い合う関係になってしまった。

理性あるあやかしたちはその現状を憂い、人間との干渉《かんしょう》を出来得る限り絶って、自分たちだけの居場所を作った。

「それが幽世です。各地の山にこの世界へ通じる道がございますが、本来はあやかししか通れません。ただ、この空間を守護しているのはミコト様であるため、千幸様はミコト様自身が招いた形になります」

「ミコト様がここを守って……」

「はい。幽世に住まうあやかしは人間を見境なく攻撃など致しませんし、むしろミコト様の花嫁である千幸様を歓迎するでしょう」

ミコトが残虐で人を食うやら、好物は力ある若い女やらは、鬼を恐れる人間が広めたまったくのデマであった。

まだまだ聞きたいことはあれど、千幸はホッと胸を撫で下ろす。

反して、話し終えたタマユキの方が、儚《はかな》げな面立ちに不安を乗せていた。

「とは言いましても、人間はあやかしを忌《い》み嫌う者が大半です……千幸様も、私が世話係ではお嫌でしょうか？」

タマユキは遠慮がちに、握っていた手を離そうとする。今度は咄嗟《とっさ》に、千幸の方からその氷のような手を取った。

温度としては冷たくとも、彼女の心根の温かさがそこから伝わって来る。

「い、嫌ではありませんっ」

「千幸様……」

「氷嚢とか着替えとか、看病してくれたのもタマユキさんですよね？　先ほどもあれこれと労わってくれて……私、誰かにこんなに優しくしてもらったの、とても久しぶりで……」

お初が最後であったが、彼女と別れたのは千幸が十歳かそこらの時だ。それからずっと味方はおらず、すっかり孤独に耐えることに慣れていた。

相手があやかしだろうと関係なく、気遣ってくれて嬉しかった。

「ありがとうございます、タマユキさん」

「……千幸様こそ、お優しい方ですね。ですが着替えは私でも、氷嚢は違います。ほとんどつきっきりで看病されていたのは、別の御方ですよ？」

「え……」

どこか悪戯《いたずら》っぽくタマユキが片目を瞑《つぶ》ると、またも桜の襖が開いた。

長い黒髪を揺らして入って来たミコトに、タマユキはサッと頭を下げる。なぜかミコトの額からは、立派な二本角が消えてなくなっていた。

反応が遅れた千幸は、そこにいるだけで他者を惹《ひ》きつける彼を呆けたように見上げてしまう。

「起きたのだな、千幸」

「あ……は、はい」

かろうじて返事をすれば、ミコトの纏う空気が柔らかくなった。

気を利かせてか、タマユキは音もなく退出し、彼女がいた場所にミコトが腰を下ろす。急にミコトとふたりきりになり、千幸はおろおろしてしまう。

「もしかして私を看病してくれたのって……」

「ああ、俺だ。先ほどは少し客の対応をしていたが、千幸と離れがたかったからな。お前が眠る横で、こうして目覚めるのを待っていた」

「そ、そうなのですか……その、角は……」

「これか？　お前が怖がると思って消しておいた」

トンと額を指先で突くミコト。

その自然と向けられる気遣いに、千幸はこそばゆくて小さく布団の端を握った。

「これって花嫁扱い、なのかな……」

「そうだぞ」

「あっ！」

自分の扱われ方について、ふと頭を過《よ》ぎった疑問を、千幸はポロッと口に出してしまった。それに対し、ミコトは即答する。

「お前は俺の花嫁、伴侶《はんりょ》だ。あやかしの中でも鬼は古《いにしえ》より、生涯に唯一の伴侶を定めるという習わしがある。守る者を得て一人前なんだ」

大抵は力の釣り合う鬼同士で番《つが》うようだが、ミコトは人間の千幸を選んだ。しかも、無能故に生贄にされたような女を……。

千幸を見つめる彼の瞳には、確かな熱が宿っている。

その熱の理由を千幸は知りたかった。

「ミコト様はどうして、私などを花嫁に？　もしかして過去にどこかでお会いしたことが……？」

「……お前の負担になるだろう、無理に思い出すことはない」

ミコトの口振りから、やはり別の出会いをしたことがあるのか。

とことん千幸を気遣ってくれる彼に、思い出せないことが申し訳なくなる。

「すみません……私は巫女の力がない無能な代わりに、特異な能力があって……そのせいで記憶が……」

千幸はたどたどしくも、回帰の力について明かした。このことを他者に話すのは初めてだったが、こんな自分などを花嫁にと望んでくれたミコトに、隠し事はしたくなかった。

だから、夏の終わりまで生きられるかわからないことも、ちゃんと伝えた。

（信じてもらえるかしら……もらえたとしても、死の運命が決まっている花嫁なんて、いらないわよね）

次に死んで回帰したとしても、またミコトと会える保証はない。

あの村から助け出してくれたミコトの存在は、過酷な時を過ごして来た千幸にとって奇跡そのものだ。

その奇跡からも見放されたらと思うと、やっと辿り着いた明るい場所から、また暗闇に落とされるようで怖かった。

「泣くな」

「っ！」

俯いて涙を我慢していると、布団に乗り上げたミコトに抱き寄せられた。

逞しい腕に囲われて、千幸の体温が一気に上がる。

「ミ、ミコト様っ？　あの……っ！」

「俺はもう、お前を離す気はない。死の運命とやらも俺が断ち切ってやる」

「え……」

「お前は俺と共にこの先も生きるんだ、千幸」

まさかそんなふうに言われるとは思わず、千幸は水の膜が張った瞳を見開く。ポロリと一粒、そこから涙が落ちた。

ずっと独りきりで、理不尽な死に立ち向かって来た。

だけどミコトは共に運命と戦ってくれるという。

（この方となら、十回目こそ未来を生きられるかも……？　私は信じたい、この方のことを）

千幸は目元を拭《ぬぐ》うと、全身の力を抜いてミコトの胸に頭を預けた。そのまま震える声で「ありがとうございます」と呟く。

トクトクと鳴るミコトの心音は安心出来て、鬼でも心臓の音は同じなのだと思うと少しおかしかった。

どれくらいそうして、腕の中にいただろう。

気持ちが落ち着いて来ると、だんだんと羞恥《しゅうち》が上回る。

「そ、そろそろ離して頂けたら……」

「俺はこのまま、お前と朝まで共寝してもいいがな」

「共寝……！」

夫婦になるということは、閨事《ねやごと》も自然と必要になるだろう。基本的な知識はあれど初心《うぶ》そのものな千幸は「ええっと、心の準備が、えっと……！」と唇を彷徨《さまよ》わせ、目をぐるぐる回しながら狼狽《ろうばい》する。

「冗談だ、そういったことはゆっくりでいい」

ははっと、ミコトが笑って腕を離してくれる。

含みのない自然な笑顔は存外あどけなくて人間らしく、千幸は不意打ちで胸を打たれた。

（びっくりした……あんな顔もされるなんて。これからミコト様のこと、もっと知れ

たら嬉しいな）

千幸が逸《はや》る胸を押さえている間に、ミコトは氷の溶け切った氷嚢を持って立ち上がる。

「お前はもうひと眠りするといい。幽世のあやかし共の多くは、俺に嫁が出来たとはしゃいでいるからな。起きたら朝から晩まで、歓迎の宴が七日は続くぞ」

「私のために宴を……」

あやかしたちは本当に、千幸を快く迎えてくれるのか、いったいどんな者たちがいるのか、七日も続く宴とは……と、興味と不安を綯《な》い交ぜに抱く。

なんにせよここには、人間は千幸しかいないのだ。

「宴が一通り終わって落ち着いたら、幽世も案内してやる。まずは第一に、心と体を癒《い》やせ」

「あ……ま、待ってください！」

部屋を出て行こうとするミコトを、千幸は呼び止めた。振り向いた彼に対し、布団の上で居住まいを正すと、三つ指をついて深々と頭を垂れる。

「……改めて、助けて頂き感謝致します。不束者《ふつつかもの》ですが、これからミコト様の、よ、嫁として、よろしくお願い申し上げます」

礼儀だけはきっちりしておこうと頑張ったが、嫁と自ら名乗る際には少々遠慮が出てしまった。まだミコトと夫婦になるという現実には、気持ちがついていかない。

ミコトの方は微《かす》かに意表を突かれたようだが、すぐに黄金の瞳を蜜《みつ》のように蕩《とろ》けさせる。

「こちらこそ、よろしく頼む」

……こうして千幸は十回目の人生で、鬼の生贄ではなく、鬼の花嫁として生を繋《つな》ぐこととなった。

二章　幽世での日々

千幸がミコトのもとに嫁入りしてから、あっという間に時間は過ぎた。

健やかな五日目の朝を迎える。

「今日もいい天気で、見事な満開……」

寝間着に羽織を掛けた姿で、千幸は縁側から屋敷の広い庭に出ていた。早くに目が覚めてしまった故、外の空気を吸いに来たのだ。

空は晴れ渡り、ぽかぽかと暖かい。

庭には大きな桜の木が聳《そび》え立ち、薄紅色の花を惜しみなく開花させており、なんとも春らしい様相だ。

(やっぱり不思議だわ。人間の世界では、とっくに桜も散った梅雨だったのに)

足元にヒラリと落ちた花弁を、屈《かが》んで一枚拾い上げる。この桜は明日も明後日も咲き続け、永劫枯れることはないという。

(ここが〝春の領域〟だから、よね)

ミコトが守護する幽世は、四つの領域に分けられている。〝春の領域〟〝夏の領域〟〝秋の領域〟〝冬の領域〟……と、この空間では四季は巡らず、領域ごとに存在しているのだ。

あやかしは種族が多種多様な上に、縄張り意識も強いため、それぞれに適した環境に住んでいるという。

この屋敷の周りは春でも、一歩別の領域に足を踏み入れると、暑い夏や寒い冬に変わる。千幸はまだ春の領域から出たことはないが、そのうちミコトが案内してくれるというのを密かに楽しみにしていた。

(行くなら秋の領域に行ってみたいな。ずっと、生きて夏を越えられないままだったもの……)

命が消える瞬間に聞いた、蝉の鳴き声ばかりが耳奥に残っている。

色付く紅葉をミコトと眺め、秋の虫の音に耳を澄《す》まし、金木犀の香りをふたりで堪能してみたかった。

「千幸様！　ここにいらしたのですね」

桜の木を見上げて物思いに耽《ふけ》る千幸に、縁側から声を掛けたのはタマユキだ。

雪女である彼女は本来なら、冬の領域の住人である。だがミコトからの信頼が厚く、彼から直々に千幸の世話係に任命されたため、わざわざあちらとこちらを行き来しているそうだ。

千幸は手の平に桜の花弁を載せたまま、「おはようございます、タマユキさん」と縁側に駆け寄った。

「おはようございます。ミコト様に様子を見て来るよう頼まれたら、お部屋におらず驚きました」

「すみません、癖《くせ》で早起きしてしまって……」

「働き者なのですから、千幸様ったら」

名取家にいた時の千幸は誰よりも早く起きて、朝餉作りから洗濯物や掃除に薪割りと、あくせく働かされていた。現在は、それとは比べ物にならないほど自由だ。暇を持て余すほどで、千幸が掃除を手伝おうと雑巾でも持とうものなら「お嫁様にそんなことはさせられません！」と、タマユキを筆頭とした屋敷の使用人たちに止められる。

「もっとたっぷりお休みになっていいのですよ？　人間はあやかしより、睡眠が大切なのでしょう」

「それはそうなのですが……」

タマユキにやんわり二度寝を勧められ、千幸は苦笑する。あやかしも眠りはするものの、基本的には寝ずとも平気らしい。

「夜からは宴もあります。幽世中がとても楽しみにしていたので、きっと盛大に騒ぎますよ。冬の領域からは芸の特異な一本だたらが来るそうですし、秋の領域からは酒好きの天狗《てんぐ》様までも……」

「ほ、本当に、たくさんのあやかしの方々がいらっしゃるのですね」

「ええ。しかも今夜から七日続きます」

ミコトと千幸の結婚を祝う宴は、念入りに準備した上でいよいよ開催される。

大きな祝い事は七日行うのが幽世の習わしであるそうで、屋敷の大広間で陽が沈んでから夜が更けるまで、連夜だ。

各領域のあやかしたちが入れ替わり立ち替わり訪れて、どんちゃん騒ぎをして祝辞を述べていく流れだという。

千幸は今から緊張しっ放しだ。

「皆様にとっても一大行事なのでしょうか……」

「それはもちろん！　あやかしたちは祝いたくて仕方ないのですよ。これまで頑《かたく》なにどなたも娶《めと》らなかったミコト様が、やっと花嫁を連れて来たのですから」

タマユキに「千幸様は特別なのです」と笑顔で持ち上げられ、千幸は返答に困ってしまう。名取家で冷遇されて来た時間が長い故に、特別扱いなど慣れていない。

（私がミコト様の特別だなんて……）

当事者のひとりであるミコトはといえば、千幸が回復した後は忙しそうに各領域を飛び回っていた。今もタマユキから千幸の朝の様子を聞いたら、夜の宴が始まるまで夏の領域に向かうという。

なにをしているかといえば、挨拶回りだ。

訳あって住処の領域から出られない大物あやかしなどに、筋を通すためミコトから結婚の報告に出向いているのだった。

大物あやかしは各領域にいて、実質的にその領域を統《す》べる〝頭領〟と呼ばれている。春の領域はミコトの直轄だが、他は他で管理されているのだ。

そんな彼等への挨拶回りには、本来なら花嫁として千幸も同伴すべきである。

実際に千幸から一緒に行かせて欲しいとも申し出たのだが、そこはミコトが首を縦には振らなかった。

「連れ回したら千幸に負担が掛かるだろう。ただでさえ環境がガラリと変わって、宴も控えているというのに……揃《そろ》っての挨拶は追々でいい。お前はなにも気にせず、休める時に休め」

……そう労われ、千幸はそれ以上食い下がれなかった。ミコトの気遣いを無下には出来なかったとも言える。

(宴が無事に終わったら……ミコト様とも、ゆっくり話せるかな。他の領域に行くのを楽しみにしていること、伝えてみよう)

心を固める千幸の手から、花弁が風に攫《さら》われて舞い上がる。

その様をタマユキと目で追い、空の彼方に消えるまで行く末を見守ってから、千幸は穏やかな気持ちで縁側に上がった。

「さあさあっ！　ミコト様と花嫁殿に乾杯じゃっ！」

盃《さかずき》を手に音頭を取ったのは、タマユキの話にも出て来た酒好きの天狗だ。

赤ら顔で鼻が高く、山伏の格好をした古老で、この幽世では一、二を争う長寿のあやかしらしい。皆に〝翁《おきな》〟の愛称で一目置かれている。

背中には空を飛べる鴉《からす》の如き翼もあるそうだが、今は邪魔にならないよう仕舞われていた。この宴会場となっている大広間がいくら二十畳以上あって広かろうと、出せば幅を取るほどには大きいようだ。

「いやあ！　めでたいですな、翁！」

「うむ、まさかミコト様が人間の嫁を娶るとはのう。長生きはするものじゃ」

「嫁など煩《わずら》わしいだけで要らぬと、一蹴されておりましたからなあ」

「これで幽世も安泰ですわね」

初日の夜の宴は、まさしく大盛り上がりであった。

翁が持参した極上の天狗酒を、妖狐《ようこ》や女郎蜘蛛《じょろうぐも》、一本だたらに一つ目小僧、化け猫などなど……数多のあやかしたちが好きに飲み交わし、口々に千幸たちの結婚に沸いている。

その千幸といえば、上座でミコトと並びながらも座布団の上で気後れしていた。

すっかり固まってしまっている。

「……緊張しているのか？　千幸」

「は、はい。想像していたよりもお客様方が多いため、どうしても……」

隣のミコトから心配気な視線を送られ、千幸は背中を丸める。

幽世に来て五日、あやかしだらけの世界にもなんとか順応して来た千幸だが、宴の参加者の数は予想以上だった。己の姿にもまだ違和感があって、表情も硬くなる。

今の千幸は、清らかな白無垢《しろむく》姿。綿帽子を被って、どこからどう見ても立派な花嫁だ。唇には品のいい紅も塗られており、いわゆる〝紅差しの儀〟を行ってくれたのはタマユキであった。

傍から見れば磨かれた宝石のように美しく仕上がっているのだが、当の千幸には自信がない。

（格好も待遇も……なにもかも、私には身に余るわ。つい先日まで、こんな大勢の方々に祝われる立場になどなかったもの）

それに先ほどチラッとだけ、数名の妖狐たちが囁き合っている内容も耳に入ってしまった。

この通り、幽世のあやかしたちの大半は千幸を歓迎しているが、夏の領域の頭領は大の人間嫌いで、唯一いまだ結婚に反対しているそうだ。

宴の参加者も、夏の領域からは極端に少ない。それはそういう理由らしい。

（ミコト様も、夏の領域には何度か赴いていたわ。私を同伴させなかったのも、その辺りの事情があったのかな……）

今の今まで察せられず、単純にただ他の領域に行くことを楽しみにしていた己を恥じる。

自分がミコトの花嫁でいいのか、ふさわしくないのではないかと、どんどん悪い方に考えが進んで行く。

「千幸」

「あ……」

指先から冷えて来た千幸の手に、ミコトが横から手を重ねた。

彼も千幸と出会った時の格好とは違う、礼装姿だ。引き締まった体躯に、黒五つ紋付羽織袴を身に纏っており、〝あやかしの王〟の名にふさわしい麗しくも厳かな佇まいであった。

「お前は俺が選んだ唯一の花嫁なのだから、胸を張っていればいい。誰にも否定はさせない」

「ミコト様……」

「そういえば、宣言がまだだったな」

ミコトは重ねていた手で、そのまま千幸を立ち上がるよう導いた。

　ふたり寄り添うように立ったところで、ミコトが「皆の者、聞け！」と声を張り上げる。

「正式に俺から紹介する。此度、俺の伴侶として迎え入れた千幸だ。人間の世界から招いて日が浅い故、困り事があれば手を貸してやって欲しい。最後に……俺は彼女を心から大切にすると、ここで誓う」

　堂々としたミコトの宣言に、千幸は意表を突かれて目を丸くし、あやかしたちはドッと一気に沸いた。

　翁が「よっ！　御両人！」と囃《はや》し立てる。

　続けて千幸たちに向けて、あちこちから祝福が飛んで来る。

「おめでとうございます！　ミコト様、花嫁様！」

「末永くお幸せに！」

「おめでとう！　おめでとう！」

　パチパチと拍手まで巻き起こり、千幸は無意識に詰めていた息を吐いた。

　ミコトのおかげで、自分は求められてここにいるのだと、深く実感する。向けられる祝福ひとつひとつに、心が震えた。

「誓いは守る。だから安心しろ」

「……ありがとうございますっ」

隣で微笑むミコトにだけでなく、祝ってくれるあやかしたちにも聞こえるよう千幸は精一杯お礼を述べる。

するとまた拍手が大きくなって、千幸は多幸感に包まれた。


渦巻く不安に囚われかけたが、一日目の宴は滞りなく終了。

そこからはミコトという隣にいる頼もしい存在のおかげで、千幸はもう俯くこともなく連夜の宴に出席し、気付けば最後の夜……七日目を迎えていた。

「今夜はなんだか、一段と盛り上がっておりますね」

「最後だからと羽目を外しているのだろう」

賑《にぎ》やかさに圧倒される千幸に、ミコトは呆《あき》れて肩を竦《すく》めている。

白無垢や黒五つ紋付羽織袴などの正礼装を着たのは初日だけで、それ以降は比較的楽な格好でふたりは宴に出ていた。だが今夜に限ってはタマユキが一等気合いを入れて、身嗜みを整えてくれた理由を千幸は理解する。

千幸が着ているのは、桜色の地に花菱の紋が入った御召。さらりと肌を滑る一級品で、いつぞや美恵が自慢していた縮緬の着物より、値の張る代物であることは間違いない。萌黄色の袋帯や、真珠の帯飾りともよく調和している。

艶を失っていた髪も椿の油でしっかり手入れされ、タマユキの手で結い上げられていた。桜の意匠の簪《かんざし》が少女らしい愛らしさも加えている。

「千幸の方は、疲れは出ていないか？　なにか食べるか」

「いえ、お腹はいっぱいで……」

「では甘いものはどうだ」

「そ、それなら」

千幸をとことん甘やかしたいのか、ミコトは自ら率先して料理と共に並べられた菓子類を取りに行く。

そんなミコトは行儀文様の紺の江戸小紋に、同色のぼかし染めをあしらった羽織。角帯で洒脱《しゃだつ》にまとめており、千幸は見惚《みと》れっ放しだ。

程なくして戻って来たミコトの手には、小皿に盛られた金平糖があった。千幸は意外なものに小さく驚く。

「千幸の好物だろう」

「そう……ですが……私はミコト様に、金平糖が好きだと話したことはございましたでしょうか？」

お初との思い出も詰まった金平糖は、間違いなく千幸の好物であった。

だが菓子類なら他にも、あやかしたちが各々《おのおの》、祝いの手土産に持ち込んだ饅頭《まんじゅう》や羊羹《ようかん》などがたくさんあったはずだ。

そのどれでもなく、ミコトは的確に金平糖を選んだ。好物を話題にした記憶は千幸にはない。

「……話してくれたさ、昔な」

「それはいつ……」

「今はまだ、そのことについて語るのは早い。いいから食べろ、ほら」

「わっ」

なんとミコトは金平糖を一粒摘まむと、手ずから千幸の唇まで持って行った。

あーんと口を開けるよう促され、千幸は真っ赤になりながらも金平糖を食《は》む。

ミコトの指先が唇にしっかりと触れて、つい先ほどまで抱いていた疑問は、いとも簡単に吹き飛ばされてしまった。

「美味いか？」

「は、はい……」

「もうしばしすれば皆、酔っ払ってより無礼講になる。さすれば俺たちがいなくとも、誰も気に留めない。その時に少し抜け出そう」

無心に舌で甘さを味わう千幸に、ミコトはそう耳打ちした。それは金平糖のように、甘く魅力的なお誘いだ。

「よ、よろしいのですか？」

「ああ」

ふたりだけの秘密の約束を交わしたところで、ミコトは「すぐ戻る」と言って、いったん退席する。新たな来客の気配を感じ取ったらしい。

屋敷の主として客をひとりひとり丁寧に出迎えるミコトの姿勢に、千幸は感服している。

〝あやかしの王〟と称されるミコトは、決して独裁的な王ではない。畏敬の念を抱かれながらも、幽世の皆が困っていれば手を差し伸べて導き、どんなあやかしからも慕われている。

この七日間で、ミコトの高い評判は、あやかしたちからたっぷり聞かされていた。

「ミコト様は誠、素晴らしき御方です！　我らが安心して住めるのは、ミコト様が幽世を統治してくださっているおかげ！」

「だが怒ると、それはそれは恐ろしい……」

「こらこら、花嫁殿を怖がらせるな。あやかしは恐ろしくてよいのだ」

「ミコト様ほど、お強くて愛情深い旦那様はおりませんよ！」

皆がこぞってミコトを褒めるのが、千幸もなんだか誇らしかった。

初日であったなら、今のように千幸ひとり残されて、多少なりとも心細かったかもしれない。だけどここに集まるあやかし連中が、気のいい者たちばかりだとすでに知っているため、もう平気だった。

それにミコトとの約束が、この後あるのだ。

(ここに来た日以来、あまりゆっくりと話せていなかったから……。やっぱり皆さんのおっしゃる通り、ミコト様は素敵な方だわ)

胸を押さえて感じ入っていると、ふらりと酒瓶を手にした天狗の翁が千幸の前にやって来た。彼は初日からずっと皆勤賞で、宴に参加している。

「これはこれは、花嫁殿!」

「こんばんは、今夜も来てくださってありがとうございます」

翁はあぐらをかいて、どっかりと座る。千幸は翁の存在を認識しつつも、面と向かって話すのは初めてだ。

「ミコト様はどうされた? 片時も傍を離れたくないご様子じゃったのに」

「来客の対応に……」

「そうかそうか」

すでに酔っているのか、赤く長い鼻を天井に向けて翁は豪快に笑う。気安い雰囲気のため、千幸も肩の力を抜いて応対出来た。

「花嫁殿はなんとも、清廉な魂をお持ちじゃなあ。こんなに美しければ、ミコト様が溺愛するのもわかるものじゃ」

「わしの〝天狗眼〟は人間もあやかしも関係なく、その者の本質……魂の輝きを見通すのじゃよ」

翁の黒目がギョロリと光った。その眼を使えば、信頼出来る相手かどうかは一発でわかるという。

便利な眼を持っていることに、千幸は素直に感心する。

「天狗の種族にだけ宿る眼なのですか？」

「うむ。ただ鬼のミコト様にも、わしほど鮮明ではないが見えるらしいがな」

「ミコト様にも……」

千幸は自分の胸元、なんとなく魂はこの辺りに見えるのかなという位置に視線を落とす。

（翁さんは私の魂を、大仰なほど褒めてくださったけど……ミコト様にはどんなふうに見えているのかしら）

容姿には美恵のように自信がない分、せめて中身の魂くらいは少しでも綺麗に映っていて欲しかった。

容姿についても、ここに来てから痩せ過ぎくらいは、なんとか改善されているはずだが……。

「魂ですか……？」

「しかし魂の輝きは強いのに、見目は華奢過ぎるのではないか？　小柄で可愛《かわい》らしいが、もっともっと飯を食うた方がよいぞ」

「そ、そうでしょうか」

……が、千幸の思う改善は、まだまだなようだ。

村ではろくな食事を取っていなかったため、千幸の体の細さはあばらが浮くほどだった。そんな千幸を太らせようと、連日ミコトの命で美味《おい》しい米や魚、野菜をたっぷり振る舞われている。

あやかしも嗜好品として人間と同じ食事を楽しむようで、幽世に来た初日にミコトと食べた鰻《うなぎ》の蒲焼《かばや》きは、千幸にとってとりわけ絶品だった。村ではご馳走《ちそう》で、美恵も祝い事があると食べていたが、千幸が箸をつけるのは初めてであった。

その話を拙《つたな》く翁にすると、翁は「ずいぶんと理不尽な目に遭わされて来たのじゃな」と憤りを見せる。

「ただでさえ花嫁殿は、浄化の力とは異なる……特異な能力をお持ちじゃろう」

「わ、わかるのですか？　それも天狗眼で……？」

「凄い力じゃろう？」

回帰の能力を言い当てられて、千幸は露骨に動揺する。翁は得意気だ。

「花嫁殿のような能力を持つ人間は、稀《まれ》にだがおるよ。巫女の家系であるなら、ご先祖様にもひとりやふたりはおったはずじゃ」

名取の家系に浄化以外の能力者がいた話など、千幸は聞かされたことはなかった。

しかしよく考えてみれば、そんな血統にも関わることを、千幸の両親が無能と断じて蔑んで来た娘にわざわざ教えないだろう。千幸に使えそうな能力の片鱗《へんりん》を見出せばまた別かもしれないが、回帰の力は傍目にはわかりにくいものだ。

(家系で現れるなら……双子の美恵も私と同じで、浄化の力の他になにか能力を持っていてもおかしくないのかな)

もし持っているとしたら、両親にも村の人間にも誰にも、美恵は明かしていないということになる。

なんだか恐ろしい想像をしてしまいそうで、千幸は頭を振った。

(飛躍して考え過ぎよね)

悪い方にばかり考える癖を、千幸は出来れば直したいと思った。九回も無念の死を繰り返して来たからか、常に最悪を想定してしまう。

「このような話、祝いの席に無粋であったのう。すまぬすまぬ」

「いえ、貴重なお話をして頂き……！」

「どうじゃ、景気付けに一杯？　わしが作る天狗の酒は、あやかし共を骨抜きにする美酒じゃよ」

翁は片手で酒瓶を掲げつつ、もう一方の手で千幸の傍に置かれたお猪口《ちょこ》を指差した。まだ一度も使われていないそれに、トクトクと酒を注ぎ出す。

「あ、私は……」

千幸は酒が飲めないため、連夜の宴でもずっと水だけでやり過ごしていた。

だが翁は自作の酒に相当の自信があるのか、ここに来て「ほれほれ、一気に！　ぐいっと！」と強引だ。

そもそも、あやかしは酒好きが多いらしい。

（翁さんには能力のことも教えて頂いたばかり……。ミコト様とも旧《ふる》い仲のようだし、断っては失礼かしら）

お猪口を両手に持って、千幸はぐるぐると葛藤する。透明な水面からはむせ返るような香りがした。

美酒であることは間違いないのだろうが、相当強い酒でもあるようだ。

（ど、どうしたら……）

千幸が困り果てていると、いきなり上からお猪口を奪われる。

「それは俺が頂こう」

現れたのはミコトだった。いつの間にか戻っていたようで、彼は一気に難なく酒を呷《あお》る。

「ミ、ミコト様……！」

喉仏が上下して、お猪口の中身は一瞬で空になった。代わりに飲んでくれたミコトに、千幸の心臓は大きく音を立てる。

翁の方は突然のことに、驚きつつも不満気だ。

「いい飲みっぷりですがな。それは花嫁殿の酒じゃったのに」

「すまないな、翁。千幸は酒が飲めん。今後は無理に勧めないでやってくれ」

「なんと……！　それは悪いことをした！」

強引に勧めていたことに気付いたようで、翁は申し訳なさそうにする。酒のことになると見境がなくなる自覚はあったようだ。

千幸は「き、気にしないでください」と顔の前で両手を振る。

「こちらこそ、せっかく注いでくださったのに……」

「……お優しい方じゃのう、花嫁殿は。改めましてこの翁、おふたりの結婚を厚く支持させてもらいますぞ！」

なにやら翁からの支持を得たところで、ミコトは立ったままの高い位置から、千幸に手を差し出した。

「このまま抜けよう、約束通りな」

「ぜ、ぜひ」

そっと、千幸はミコトの手を取った。

お猪口は翁に渡し、ふたりで賑やかな宴の場を抜ける。千幸の心臓はずっとうるさいままだった。

「ど、どちらに行かれるのですか？」

「もうすぐだ」

歩幅を合わせて歩いてくれるミコトに続いて、千幸は春の領域の中を進んでいた。

一見すると人間の村と変わらず、田んぼや畑と共に、古い木造の民家がポツリポツリと点在している。民家の傍には必ず桜の木も立っており、どれも見事なまでに満開だった。

住んでいるのはすべてあやかしだが、なんとなく郷愁を感じさせる。

（まさか屋敷の外に連れ出してくださるなんて……）

ミコトは千幸の手を引いたまま、宴の会場から屋敷の裏門を出て、ここまでやって来た。目的地はまだ明かされていない。

「そろそろだな……ほら」

民家が一軒もなくなったところで、ミコトが指を差す。その先には雄大に流れる川があった。水の透明度が高く、遠目からでも水面が輝いている。

大小様々な白い岩がところどころに転がっており、それが余計に水を清らかに映えさせているようだ。さらには何処からか飛んで来た桜の花弁が、透明な水面に可憐な彩りを加えていた。

圧倒されるほど美しい自然が、そこにはあった。

「とっても綺麗です……！　こんなに水がキラキラしているなんて！」

頬を上気させて興奮する千幸に、ミコトは穏やかな眼差しを向ける。

千幸は川の方に釘付《くぎづ》けだ。

（ミコト様は私に、知らない世界をたくさん見せてくださるわ）

生贄に捧げられた夜もそうだった。途中で眠ってしまったものの、上空からの幻想的な灯りを、千幸は瞼の裏に焼き付けている。

「あれ……？　でも、川のあちら側って……」

目の前の絶景にばかりに気を取られていたが、川の向こう岸が白い霧に包まれていて一切見えないことに、千幸は遅れて気付いた。

「あちらが秋の領域だ。橋を渡れば行ける」

「橋……あっ！」

確かに少し川を下ったところには、真っ直ぐ伸びた朱塗りの橋があった。どの領域とも川で隔たれ、それぞれ橋で繋いであるのだという。

「霧で閉ざされているのは、ああやって領域を分けているんだ。他から見るとこの春の領域も同じ状態だな」

「では、行ってみないとどんな場所かはわからないのですね」

「そうだな……今すぐには連れて行けないが、いずれ必ず俺が案内してやろう。夏の領域の頭領のことも、知ってしまったようだしな」

「あ……」

　それは一日目の宴の最中に、千幸の耳にも入った情報だ。人間嫌いな夏の領域の頭領が、ふたりの結婚に反対していると。

　なんだか肩身の狭い想いを千幸は抱くも、ミコトは「なに、あれは単に意固地になっているだけだ」と軽い口調で苦笑する。

「奴とは長い付き合いだが、少々面倒な性格でな。根気強く俺が説き伏せているところだ。なにかきっかけさえあれば、コロッと意見を変えて認めてくれるだろう」

「そ、そういうものなのでしょうか……？」

「ああ。もうしばし、俺に任せて待っていてくれ」

「わかりました」

　こくんと、千幸は素直に頷《うなず》いた。しかし一度抱いた肩身の狭い想いは、まだ払拭は出来ない。

（私ばかりが、ミコト様に甘え切ってしまっているわ……。なにもお返ししていないもの）

自分に返せることはあるかなと考えるも、残念ながら回帰の能力では役に立ちそうもなかった。

意を決して、千幸は直接ミコトに尋ねてみる。

「あの……私も、ミコト様のご厚意に報いたいです。村から助け出してくれたことや、頭領様の説得のこともそうですが、こんな素晴らしい場所まで連れて来てくださって……私でもなにかお役に立てることはありませんか？」

じっとミコトの端麗な顔を見つめて答えを待つも、ミコトは困ったように眉尻を下げてしまう。

「俺は千幸が隣にいて、笑っていたら十分だ。それだけで報いてくれている」

「ですが……」

「今だって宴を抜け出したのは、俺がお前とふたりきりでこの景色を見たかったからだ。俺の欲望に付き合ったのだから、役にだって立っているだろう」

優しいミコトの言葉に絆《ほだ》されそうになるも、千幸も簡単には引けなかった。それではいよいよ甘えっ放しだ。

「私は……っ」

「ミ、ミコト様！　お助けください！」

千幸が再度口を開く前に、川の方から慌てた様子で何者かがこちらへ駆けて来た。ペタペタと間の抜けた足音が迫る。

「河童さん……？」

千幸も覚えがあるあやかしは、宴の二日目に参加していた河童だった。

緑色のつるつるとした皮膚に、水掻きのついた手足。口元にはツンと鋭い嘴《くちばし》が生えている。

背丈は千幸よりやや小さいくらいだが、背負う甲羅が大きいため存在感があった。

衣服は腰蓑だけで、瓢箪《ひょうたん》で出来た水筒をぶら下げている。

成熟した瓢箪は中身を取り除いて乾燥させると、水や酒の容器になるのだ。たまに千幸の村でも使われていた。

「ああっ！　花嫁殿もいらっしゃいましたか！　申し訳ございません、ご夫婦のひと時をお邪魔し……！」

「い、いえ、気になさらないでください」

千幸に向かってペコペコと、河童は皿が載る頭を下げる。その姿は悲愴感が漂っており、見るからに困り切っている様子だ。

「どうした？　なにがあった」

あやかしたちの問題解決も請け負っているミコトは、努めて穏やかに問うた。

川辺に住む河童は陸を走るのには慣れていないようで、呼吸を整えてからパクパクと忙しなく嘴を動かす。

「うちのやんちゃな倅《せがれ》が、止めるのも聞かずに一匹で人間の世界へ行ったのです！　たまに遊び場にしている那由多山だと思って探したのですが、まったく見つからなくて……！」

河童は妻と子の三匹で幽世に住んでおり、宴中にも酔っ払いながら子供自慢をしていた。やんちゃだが親思いな、自慢の息子だそうだ。

「倅が迷子ということか」

「そうなのです……寝込んでいる妻も、とても心配しております」

母河童はうっかり体に合わない山菜を食べてしまい、腹を壊して療養中だという。

父河童はおいおいと嘆く。

「今は行ってはダメだとアレほど言ったのに！　先日からあの山に〝堕《お》ち妖《よう》〟が出たと聞いて、心配で心配で……！」

「堕ち妖というと……」

「理性を失ったあやかしのことだ。我々はそう呼ぶ」

知らぬ単語に目を瞬かせる千幸に、すかさずミコトが補足してくれる。

堕ち妖は相手が人間でも、同胞のあやかしでも関係なく襲う危険な存在だ。凶暴化していてとにかく見境がない。

(そっか……本来なら、巫女や祓除師が浄化して退治すべきなのは、その堕ち妖だけなのね)

千幸は認識を改める。

名取の家は、そのような区別もなく〝あやかしはあやかし、祓うべき害だ〟と一緒くたにしていた。名取家と同程度の認識しかない巫女や祓除師は、きっと少なくはないだろう。

ミコトたちのような善良なあやかしが幽世に潜んでいるのは、そんな者たちから身を隠すためでもあるのだ。

(子河童くんが万が一にでも、堕ち妖に遭遇したらとても危険だわ……)

また村の人間に見つかっても、同じくらい危険かもしれない。力の弱い子供のあやかしでは成すすべもないはずだ。

「堕ち妖の正体は、もともとはぐれ者の土蜘蛛《つちぐも》だと聞きます。あの種族の巣に捕らえられたら逃れることは出来ません。ミコト様のお力で、どうか倅を助けてくださいませんか……！」

必死に懇願する父河童からは、子の無事を切実に願う親の気持ちが、ひしひしと伝わって来た。

家族からの愛情をついぞ得られなかった千幸は、胸を痛めながらもほんの少し羨望も抱く。

(いいな……あやかしだって関係ない、この家族は悲しませたくないわ)

そう強く思ったところで、千幸の脳内で記憶の歯車がゴトリと動く。何度目かの人生で、今と似た状況が起きた気がした。

(子供の河童に、那由他山、土蜘蛛……)

強烈な既視感に千幸が襲われている間に、ミコトは「ああ、わかった」と父河童の頼みを了承する。

「堕ち妖化した土蜘蛛が暴れている話は、俺も把握している。昨夜、村の巫女が討伐しようとして失敗したこともな」

「村の巫女って……まさか美恵ですかっ？」

「ああ、千幸の双子の妹だ」

美恵の浄化の力は強く、これまでも強力なあやかしを退治するところを、千幸も近くで見て来た。

そんな美恵が太刀打ち出来なかったとなると、土蜘蛛が相当強いのか、あるいは美恵の調子でも悪かったのか……。

既視感も含めてあれこれ頭を働かせる千幸に対し、ミコトはすまなそうにする。

「黙っていて悪かった。俺の判断で千幸の耳には入らないようにしていたんだ。妹のことは特に、辛い日々を思い出すかもと……」

「あ、謝らないでください！」

自分がいなくなった後の村の様子は、千幸としても少し気掛かりではあった。

両親や美恵がどうしているのかも……。

だけどミコトの言う通り、触れたらその分だけ辛くなることもまた事実だ。回帰を繰り返す中でも、心の痛みが麻痺《まひ》することはなかった。

（ただ……すぐには無理でも、いつかちゃんと吹っ切りたい。この先も生きられるなら、心の痛みに囚われていたくないもの）

未来への希望をまたひとつ抱き、千幸は小さく頬を両手でペチンッと叩《たた》いた。

今はそれよりも、子河童の安否だ。

「ミコト様……捜索には、私も連れて行ってくださいませんか」

意を決して口にすると、案の定ミコトは険しい顔つきになる。

「……危険なところに千幸は連れて行けない」

「ミ、ミコト様から離れないようにします！　私、回帰で一度このことを経験したかもしれなくて、もしかしたら子河童くんの居場所がわかるかも……！」

「回帰でだと？」

そこでミコトは、思案気に長い睫毛《まつげ》を伏せた。

束《つか》の間、完全な沈黙が落ち、川のせせらぎだけが千幸の耳に届く。父河童も不安そうにしながら、ミコトの動向を見守っている。

「そうか……」

やがてミコトは得心がいったように頷いた。

それは最初に、千幸が生贄としてミコトと対面した時と似た反応でもある。

「俺から離れない、と言ったな？　その約束を必ず守るなら、千幸にも捜索の手伝いを頼みたい」

「！　は、はい！」

やっと役に立てるかもしれないと、千幸は勇んで返事をした。足だけは決して引っ張らないことを誓う。

うるうると、父河童は円らな瞳《つぶ》を潤ませた。

「花嫁殿にまでご協力頂けるとは……！　情けないことながら私はしばらく、水の近く以外では動けそうになく……」

子河童が消えたのは夕方頃で、それから三時間近く那由多山で息子を探していたという。土蜘蛛に遭遇しなかったのは幸運だが、もう体も限界なのだろう。

河童という種族は頭の皿に清らかな水が必要で、乾けば命も危うくなる。瓢箪の水筒に幽世の水を入れて持ち歩いたとしても、これ以上は休まなければ、山でろくに動けないそうだ。

だが休んでいるうちに、息子がどんな目に遭うかわからない。

だからこそ、ミコトに助けを求めたのだ。

「む、無理なさらないでください。お子さんは必ず見つけてみせます」

「おおっ……！」

父河童は水掻きのついた手で、力強く千幸の手を取ると、そのまま己の額に祈るように擦り付けた。

「なにとぞ、なにとぞ倅をよろしくお願い申し上げます……！」

こくんと、千幸は首を縦に振る。

父河童の願いも託され、千幸はミコトと共に、久方ぶりの人間の世界へ向かうことになった。

「わっ……本当に、一瞬で行き来が出来るのですね」

ミコトが念じると周りに風が吹き、千幸は気付けば鬱蒼とした木々に囲まれていた。

昼でも夜でも変わらぬ暗さを保つここは、那由他山の奥地だ。

「人間の世界とは表裏一体だからな。ここからは探し歩くことになるが、子供のあやかしは力が弱い故に気配が探りにくい……千幸の記憶も当てにしていいだろうか」

「一からちゃんと思い出してみます」

ガサガサッと生い茂る草を踏み分けて、千幸たちは山道を進む。

勢いのまま千幸は上等な着物姿で来てしまったため、足が縺《もつ》れて転んだり、裾が枝などに引っ掛かったりしないか、細かく注意を払う必要があった。そうでなくても、夜の山は危険が多い。

（一番気を付けるべきは、ミコト様とはぐれないことよね）

ミコトから繋がれた手の温度だけが、千幸に確かな安心感を与えてくれる。

おかげで冷静に記憶を辿ることが出来た。

（この山に入ったのは、三回目の回帰の時……）

村でも「夜間は山に入るな」という暗黙の掟《おきて》があるにもかかわらず、美恵に希少な薬草を採って来るよう夜中にいきなり命令されて、泣く泣く今のように奥地まで踏み入った。

すると巨大な岩を真ん中に、山道の分岐があった。右に行くか左に行くかで迷ったところまで、千幸は思い出す。

（右に行ったら、崖があって……）

険しい崖だった。

下は真っ暗で底が見えず、闇がこちらへ来いと手招きをしていた。そこでうっかり足を滑らせて転落死したのだ。

（あれ……足を滑らせたんだっけ？）

死ぬまでの経緯を振り返ってみて、ふと千幸は違和感を抱く。

同時にミコトが歩みを止めた。

「分かれ道だな」

「あ……」

記憶通りの巨大な岩が、目の前にはドンと横たわっていた。岩を真ん中に道も分岐している。

ぎゅっと、千幸はミコトの手を強く握り締める。

「私の記憶だと、右には崖があります。左には……っ！」

その時、千幸の脳内で火花が散った。バチバチッと弾けた衝撃の後に、情景が頭に流れ込んで来る。

人間でいえば五歳くらいの子河童が、大木の幹にぽっかり空いた穴の中で、膝を抱えて蹲《うずくま》っている。足に怪我をして動けないようだ。

そんな子河童を発見したのは、粗末な格好をしたみすぼらしい千幸だ。あやかしに驚きながらも「痛いの痛いの飛んで行け」と唱えて、着物の袖を破って包帯代わりにし、手当てしてあげている。

河童はおどおどしながらも「ありがとう、さっきは怖がってごめんなさい」と頭を下げて……。

(これは三回目の記憶？……違う)

ふるふると、千幸は頭を振って考える。

(一回目の人生……まだ一度も、死んでいない時だわ。その時も私はこの山に来て、子河童くんを助けたことがある)

それからどうしたのか、なにが起きたのかまでは、残念ながら情景が途切れてしまって不明だ。そもそも一回目の人生は、もっとも記憶の空白が多いのだ。

けれど、子河童の居場所はわかった。

一回目の時と同じ状況なら、あそこしかない。

「ミコト様！　左に行ってください！　程なくすると大木が見えてくるので、そこに子河童くんはいます！」

千幸の指示をミコトは疑うこともせず、すんなり「左だな」と信じてくれた。しっかりとした足取りで彼はそちらに歩み出す。

出会ってから一度も、ミコトは千幸を否定しない。それどころか「誰にも否定はさせない」と言ってくれた。

ずっと無能だと家族にも否定されて来た千幸には、その接し方が温かかった。

「いた……っ！」

大木を発見して、千幸は走り寄る。

幹に空いた穴の中で蹲っていた小河童は、父河童をそのまま小さくした見た目と格好だ。記憶通り、足に擦り剥いたような怪我もある。

「ヒッ……！　人間だぁ、人間こっち来ないで……！」

ビクッと、千幸を前に子河童は縮こまる。

ぷるぷる震える様子から、千幸がミコトの嫁だとは知らないようだ。宴にも参加していなかったので当然だろう。

千幸はしゃがみ込んで目線を合わせ、怖がらせないように努める。

「大丈夫、大丈夫よ。私は貴方に危害を加えないわ」

「そうだ、千幸は俺の嫁だ。敵ではないぞ」

ミコトも千幸の隣に立って声を掛けると、パッと子河童が顔を上げた。ミコトの登場に目をパチパチさせている。

「ミコトさま……？　その、お嫁さま……？」

はっきり肯定するのはまだ引け目を感じるものの、千幸は控え目に頷いた。強張っていた子河童の体から力が抜ける。

その隙に千幸は、怪我の具合を確認した。今回は着物の袖を破らずとも、帯に挟んでいた手巾を手早く巻く。

「血は出ていなかったけど、傷口が汚れるといけないから……これでとりあえず応急処置にはなるよ。お皿の乾きは大丈夫？」

「お皿は水、たっぷり持って来たから……」

使い切って瓢箪は落としたようだが、潤ってはいるそうだ。ただ怪我の痛みが引かないようで、「ううっ」と半泣きになっている。

「え、えっと……い、痛いの痛いの飛んで行け！」

気休めだが記憶をなぞって、手巾を巻いた傷口辺りに手を翳《かざ》し、千幸は元気よく唱えてみた。

子河童はきょとんとした後、ニパッと笑顔を見せる。

「なんかちょっと、痛くなくなったかも！　お嫁さまありがとう、さっきは怖がってごめんなさい」

千幸の記憶と重なるように、子河童は頭を下げた。

下手な呪文の効果があったことに、千幸はホッとしながらも、子河童が甲羅のついた背中になにか隠しているのを見つける。

それは黄色い小さな花だった。

名もなき雑草のようだが、村でも育てていたキュウリの花にも似ている。細い茎を手に取って、子河童は大事そうに胸に抱いた。

「これ、お母ちゃんの腹痛に効くって、翁に教えてもらったんだ。人間の世界にしか生えないから、採りに行くのは諦めろって言われたけど、ボク……お母ちゃんに早く楽になって欲しくて……」

子河童は寝込んでいる母のために、まず博識な翁に助力を求めた。そこから知識を授かり、この山にやって来たのだ。

父や翁に止められようと、母を想う気持ちのまま無茶をしたらしい。

（単に遊び心で、危ない場所を訪れたわけではなかったのね）

ひとりでお目当ての花を手に入れたのだから、大したものだ。これでは叱ろうにも叱れない。

しかし子河童は、目的を達成するのに一生懸命になり過ぎて、力尽きて幽世に帰れなくなってしまった。躓いて転んだ拍子に怪我も負い、ここで回復するまで休んでいたという。

よく見れば、体は土で汚れてボロボロだ。手当ても簡単なものでなく、しっかり親

「花……？」

のもとでしてもらう方がよいだろう。

「俺たちはお前の父に頼まれて、お前を迎えに来たんだ」

「お父ちゃんがボクを……？」

ミコトは「帰って来ない息子を心配していたぞ」と、穏やかに諭す。

うるうると子河童は瞳を潤ませた。泣き方も父にそっくりだ。

「ボクも、ボクも早く帰りたい……っ！　お父ちゃんに謝りたいし、お母ちゃんにも花を届けたい！」

帰りたい。

その願いは、千幸の胸をじんわりと打った。帰る場所があるというのは、きっと幸福なことだ。

（私はもう、名取の家には帰れないし……帰りたいとも思わない。この先も幽世で、ミコト様のお傍にいられたら……）

そんなふうに考えているうちに、子河童は花を手に穴から這い出てきた。そのまま吸い寄せられるように、千幸の着物の袖を掴《つか》む。

「お嫁さまが手当てしてくれたから……ボク、もう動けるよ」

「無理はしないでね……？」

「うん！」

頭のお皿は触っていいのかわからなかったので、子河童の甲羅を千幸はよしよしと撫でた。

子河童は照れ臭そうにしている。どうやら千幸は懐かれたらしい。

あとはミコトの力で幽世へと戻るだけだ。

……一件落着だと、場の空気が緩んだ時だった。

「うわあっ！」

突如として子河童の小さな体が、逆さまに宙に浮かび上がった。ぐんっと、そのまま大木の天辺辺りまで、軽々と体は上昇する。

「た、高いよ！　怖い！」

「子河童くん……！」

いったいなにが起きているのか。

焦りながらも子河童を見上げて、千幸はようやく気付く。

（あれは……糸？）

子河童の怪我をしている方の足首には、細く透明な糸が巻き付いていた。あの糸で体が持ち上げられているようだ。

「これって、まさか……っ！」

千幸の最悪な予想は的中した。

ガサガサッと大木の後ろの草木がざわめき、現れたのは巨大な蜘蛛であった。

全長は千幸の背丈くらいあり、黒い毛で覆われた丸い胴体からは、針金を思わせる細く鋭い八つの脚が伸びている。ぎょろぎょろとした目玉も、左右に四つずつの計八つ。口元からは牙が生え、フシューと音を立てて糸を吐いている。

「……堕ち妖の土蜘蛛か。ここまで気配を悟らせないとは、想定よりは力があるようだな」

「ミ、ミコト様……」

堕ち妖には理性がないというが、土蜘蛛は見るからに獰猛《どうもう》そうだ。穏便に会話などは到底不可能だろう。

「千幸は俺の後ろに隠れていてくれ」

穏やかだったミコトの雰囲気が凄みのあるものに変わり、頭から黒い二本角が現れる。角は彼が鬼である証拠だ。

さらにミコトの手には、いつの間にか抜き身の太刀が握られていた。右手首につけていた数珠が刀に変化したようで、柄にはぐるりと連なる赤いとんぼ玉が巻かれている。

スラリと伸びた刀身は銀色の光を放ち、ミコトの金の瞳と相反するように輝いている。

（美しい刀……ミコト様のためだけに作られたみたい）

千幸は見入りながらも言われた通り、急いでミコトの背後に回った。

土蜘蛛と相対してもさほど恐怖を感じていないのは、ミコトの方があやかしとして格上だと、すぐにわかったからだ。

「ガアッ！」

高々と土蜘蛛が脚を振り上げて、ミコトをその鋭い先端で刺し貫こうとする。難なくミコトは、刀を振るってそれをいなした。

「堕ち妖相手に情けは不要か」

「グゥウゥ」

次々と斬撃を浴びせ、ミコトは土蜘蛛を着実に追い詰めていく。

力量の差は圧倒的だ。

（凄いわ、これなら……！）

だがあと少しというところで、恐怖に耐えていた子河童は手から黄色い花を離してしまう。

「お、お母ちゃんにあげる花が……！」

「っ！　待って！」

花は草木の間を吹き抜けた生温い風によって、暗闇の中をどこかへ飛んで行こうとする。千幸は必死に腕を伸ばした。

遠くへ飛ばされてしまえば、再び探すことは困難だろう。

花は子河童が命懸けで採取した大切なもの。

戦っているミコトの代わりに、千幸はなんとしてでも守りたかった。

（お願い……！）

辛うじて、千幸は花の茎を掴むことに成功した。

胸を撫で下ろす千幸を、ミコトが背中越しに「よくやった、さすが俺の嫁だな」と褒めてくれる。

「こちらも終わりだ」

艶やかな長い黒髪を乱し、ミコトは土蜘蛛の胴体を狙って思い切り斬りつける。無駄のない、洗練された一閃《いっせん》。

「グガァァ」

その一閃は土蜘蛛に致命傷を与えた。咆哮《ほうこう》を上げて、ズシンと巨体が沈む。

勝負は決した。刀はあっという間に数珠へと戻る。ミコトの意思ひとつで変幻自在らしい。

「わわっ！」

子河童を拘束していた糸が切れて、体が地上へ落下する。千幸は「危ないっ！」と叫ぶも、ミコトが両手で子河童を受け止めてくれた。

すぐにミコトの腕からも下ろされた子河童は、足に怪我をしていたことも忘れた様子で、一目散に千幸の方へと走り寄る。

「お花は……!?」

「平気よ、ほら」

千幸が屈んで差し出せば、子河童はわんわん泣きながら受け取った。

今度こそ、これで一件落着だ。

「ミコト様はとてもお強かったですが……お怪我はありませんか？」

「ああ。この土蜘蛛も、もとより深手は負っていたようだしな」

「え？」

指摘されて初めて千幸は、土蜘蛛の八つある目のひとつに傷が入っていることを発見した。自ずとこの傷を負わせた相手は導き出せる。

「もしかして美恵が……？」

よく見ると矢が刺さった痕《あと》のようだ。

名取家の巫女は、〝祓具《ふつぐ》〟として弓矢を使う。祓具とは対あやかし専門の武器であり、浄化の力を込めて使用するのだ。

弓矢の訓練は、実は幼い頃から千幸も受けている。単純な腕前でいえば美恵より上だった。無能と断じられて、女中の仕事をさせられるようになっても、矢を放つ動作はしっかり身についたままだ。

「この土蜘蛛の傷は状況を考慮しても、千幸の妹による以外は考えられん。だが、この傷口に残る力の気配は……」

なぜかミコトは、探るように千幸を見据えた。

金色の眼差しにすべてを暴かれるような、そんな感覚に千幸は陥る。

「あの……っ？」

「……この話は幽世に帰ってしよう。早くお騒がせな迷子を、親元に帰してやらなければいけないからな」

お騒がせな迷子と呼ばれた子河童は「よ、よろしくお願いします！」と、花を抱えてペコッと頭を下げる。

彼を早く帰すことには千幸も全面的に同意だ。

土蜘蛛はこれ以上は動けず、あとは消滅するだけとのことで、そのまま場を去ることにする。

那由多山に移動した時と同じ要領で、ブワッとミコトを中心に風が巻き起こった。

「お父ちゃん！」

幽世に戻ると、父河童が川辺でそわそわと息子の帰りを待っていた。子河童は一目散に父に飛び付き、親子は無事に再会を果たす。

ひとしきり抱き合った後、子河童が黄色い花を見せて事情を説明すると……父からのお叱りは、頭の皿が割れない程度のゲンコツで済んだ。

「まったく、どれだけ心配を掛けたと……！」

「ご、ごめんよぉ、お父ちゃん」

「もういいから帰るぞ。家で待つ母さんに、その花を早く煎《せん》じて飲ませてやりたいんだろう？」

「う、うん！」

いろいろあって花は少々よれてしまってはいるが、煎じ薬にするなら問題はないだろう。

父河童は深々と、千幸とミコトに頭を下げた。

「ミコト様……お嫁様も、この御恩は決して忘れません。倅を連れ帰ってくださり、誠にありがとうございました！」

子河童も精一杯に背中を丸めて、父に倣《なら》う。

誰かに真摯《しんし》に感謝された経験が乏しい千幸は、胸の辺りがなんだかむず痒《がゆ》くなった。

（幽世に来てから、初めて経験することばかりで……私も役に立てたと思っていいのかしら）

子河童は「またね、お嫁さま！」と千幸にブンブン手を振り、父と揃って川を泳いで去って行った。彼等の住処自体は夏の領域らしく、川から川へと移動して、領域を繋ぐ橋を目指すそうだ。

「……俺たちも宴に戻るか。おそらく客人たちはまだまだ騒いでいるだろう」

「わ、忘れていました」

ミコトに言われて、千幸は宴の最中に抜け出していたことをようやく思い出す。那由他山にいたのは一時間ほどだが、もっと長くいた気も、一瞬だった気もした。

そしてミコトの予想通り、屋敷の大広間では引き続きどんちゃん騒ぎが繰り広げられていた。

「もっと飲め飲めー！」

その騒ぎの中心は翁で、ガハハハッと笑いながら酒瓶を傾けている。

もはや主役が不在でも健在でも変わらないようだ。

宴はようやく、丑三つ時を越えた頃にお開きになり、すっかり千幸は眠気にやられてうとうとしていた。

「湯浴み中に寝落ちされないでよかったです。屋敷からいなくなったとわかった時は、肝を冷やしました」

「ご、ご心配をお掛けしました、タマユキさん」

「今夜はたっぷりお休みくださいませ」

客人がすべていなくなった後で、千幸は眠くとも真っ先に風呂に入った。宴に参加していただけならまだしも、山の中を歩いたのだ。

辛うじて高価な着物に目立った汚れはなかったが、汗や土でどろどろの体を清めたかった。

今はタマユキに寝間着の浴衣を着せられ、部屋まで送り届けられたところだ。黙って抜け出したことは、ついでにちょっとだけ苦言を呈された。

「ふう……」

ひとりになったところで、ひと息つく。

千幸に与えられた一室は、最初に寝かされていた襖の四方に四季の花が描かれた部屋で、すでに布団が敷かれていた。

枕の傍には行灯《あんどん》が置かれ、橙の光を灯している。欠伸《あくび》をひとつ零《こぼ》して、布団に入ろうとした時だった。

「……千幸、もう寝ているか？　差し支えなければ入ってもいいか」

「ミコト様……？」

パチッと、一気に千幸の目は覚めた。

慌てて襖を開ければ、そこには同じく湯上がりのミコトがいた。

もう角はなく、長い紫がかった黒髪を緩く組み紐で結っている。紺の着流し姿は昼間より気怠《けだる》げな色気があった。

「ど、どうぞ」

どきどきと心拍数を上げながらも、千幸はミコトを室内に招いた。

布団の傍で、向かい合って正座する。

「すまないな、ちょうど寝るところだったか」

「い、いえ……どうされたのでしょう？　急ぎのご用事でしょうか？」

「急ぎというわけではないが、千幸には早く伝えておくべきだと判断してな」

ミコトの真剣な顔付きに、千幸も自然と居住まいを正す。ピリッとした空気が肌を刺した。

切り出されたのは予想もしていない内容だった。

「土蜘蛛がもともと目に深手を負っていた件……あれは、千幸の双子の妹によるものだとまでは話したな」

「えっ？　ええ、はい」

「……だが、傷口に残る力の気配は千幸のものだった」

「！」

言葉の意味を、千幸は上手く咀嚼出来なかった。「ど、どういう……」と戸惑いをそのまま口にする。

「俺が千幸の気配を間違えることは有り得ん。お前の妹は浄化の力を使い、退治までは出来ずとも土蜘蛛に一矢報いたようだが……その力はもともと、千幸のものであったのではないか？」

「美恵の浄化の力が、私の……？　そんなまさか……！」

千幸の回帰の力は一度死んだ後から発覚したものだが、名取家では代々、浄化の力は十歳の頃に顕現《けんげん》するものだ。そこで巫女としての素質が問われる。

その歳に、千幸は浄化の力に目覚めなかった。目覚めたのは美恵だけで、〝無能〟の烙印を押されて、死に戻りながらも生きて来たのだ。

それなのに……本当は千幸に浄化の力があったなど、今さら信じられない。

千幸は混乱するも、ミコトはひとつの仮説を提示する。

「これは俺の推測だが……もともと千幸の方にあった浄化の力を、妹がなんらかの手段で奪ったのではないだろうか」

「奪う……」

「千幸は〝回帰〟という特異な能力がある。それに近い別の力が、血を分けた双子の妹にあってもおかしくはない」

「そ、その説は……翁さんとも話していて、少しだけ私も考えました」

飛躍した考えだと脳内で一蹴したが、ミコトまで同じ推測に至ったのなら、信憑《しんぴょう》性《せい》はぐんと上がる。そうなれば、美恵の浄化の力がもとは千幸の力であったというのも真実味を帯びてくる。

「……奪ったのが真実なら、決して許されないことだ。そのせいで千幸は長年苦しんで来たのだから」

「ミコト様……」

形のいい眉をひそめて、ミコトは静かな怒りを金の瞳に宿していた。激情を無理やり抑えていることがひしひしと伝わる。

自分のために本気で怒りを抱いてくれるミコトに、千幸の目には温かな涙が湧き上がる。

（ああ……私は、ミコト様が好きなのだわ）

それはストンと、千幸の中にピッタリ収まる感情だった。

これまでは恩義と憧憬が強く、恋情にまでは気付けなかったが……やっとわかって、むしろ納得してしまった。

新たな事実の発覚による衝撃は大きく、まだ頭の整理はつかないが、自分の想いに向き合えたことは千幸にとっては僥倖《ぎょうこう》であった。

「翁の〝天狗眼〟で、お前の妹の魂の本質を見てもらうのがもっとも手っ取り早く確実だ。宴に戻った際に頼むつもりであったが……」

「とても酔っ払っていらっしゃいましたものね」

自前で赤い顔をさらに真っ赤にし、べろんべろんになっていた翁を思い浮かべると、千幸はクスッと笑えた。長年忘れていた自然な笑顔が、幽世に来てから取り戻せつつある。

そんな千幸を前に、ミコトもいったん激情を完全に呑み込んだようだ。

「……後日、また頼んでみよう。それからどうするかは結果と千幸次第だが、確認しておくべき問題だ」

「はい、私も知りたいです」

力強く肯定した千幸の頬を、ミコトは慈しむようにスルリと撫でた。恋心を自覚したばかりだからか、千幸の目には先ほどよりミコトが眩《まぶ》しく映る。

(低い体温が心地いい……この手にすべてを委ねたい、なんて)

そんな願いを抱いたところで、ミコトが結わえた髪を揺らして立ち上がる。当然、頬を撫でていた手も離れて行った。

「話はこれだけだ、夜分に邪魔をしたな」

「あ……」

本能のまま、千幸は襖へと向かうミコトの着流しの袖を掴んでいた。まるで「行かないで」と引き止めるかのように。

「すっ、すみません……！」

自分で自分の行動に狼狽《うろた》えながら、裾から手を離す。駄々をこねる幼子のようだと恥ずかしかった。

「お前は本当に可愛いな」

自己嫌悪で俯く千幸に対して、ミコトは口元を押さえた。

ほんのり耳を赤くして愛しさを噛み締めた表情は、生憎《あいにく》と千幸には見えなかったが、幽世のあやかし連中が見れば驚愕でひっくり返っていただろう。それだけ貴重な表情であった。

踵《きびす》を返したミコトは、布団の方に歩み寄った。ゴロリと横になって、ポンポンと隣を叩く。

「……こちらへ来い。今夜は千幸が眠るまで傍にいる」

「えっ！」

「もちろん手は出さん、夫婦間のことはゆっくりでいいと言っただろう？　ただ傍にいるだけだ」

「あ、え、ええっと……」

パクパクと千幸は金魚のように意味もなく口を開閉させたり、忙しなく視線を泳がせたりしたが……やがて腹を括って、ミコトの隣に寝転んだ。

彼の逞しい胸元がすぐそこにあり、包み込むような白檀の香りがする。

子守唄でも歌うかの如く、ミコトは凪《な》いだ口調で語る。

「……もしあやかしである俺と交わって子をもうければ、千幸の体も半分はあやかしになる。寿命も人間のものではなくなるんだ」

「そう……なのですか？　私があやかしに？」

「俺は末永くお前と夫婦でいたい。だがすべての問題が片付いて、お前の覚悟が決まるまでは気長に待つ」

ミコトと共に、人間の時間ではなく、あやかしの時間で生きる。

それは千幸にとって、なにより得難い未来に思えた。

（人間じゃなくなる覚悟なら、あるわ。私は今すぐにでもミコト様に想いを伝えて、あやかしとして生きても構わない。でも……）

千幸はまだ、死の運命から逃れてはいない。

寿命が人間のものではなくなるといっても、あやかしにだって死は平等に訪れる。

体の損傷が激しかったり、力を失ったりすれば消滅するという。

せっかく半分あやかしになれたとて、千幸があっさり死んでしまう可能性はゼロではないのだ。

しかもその場合、お腹に子が宿った状態で変事があれば、ミコトとの間に授かった大切なその子まで一緒に死なせてしまう恐れもあった。それだけはなにがあっても避けなくていけない。

（ミコト様がおっしゃるように、すべての問題が片付くまで待ってもらうしか……ただこの想いの一部だけでも、お伝えしておきたい）

千幸は心を決めた。

そっと、ミコトの胸に手を添える。

「ミコト様は、私の死の運命を断ち切って……共に生きることを約束してくださいました。十回目の今世こそ本当に乗り切れたなら、その時は……」

恥じらいを残しながらも、千幸はしっかりと伝えた。

「私のすべてをミコト様のものにしてください」

「っ！」

ミコトは微かに目を見開いた後、なんとも苦い顔で笑う。

「生殺しとはこのことだな」

「へ……？」

「俺のことは気にせず寝ろ、今は」

くしゃりと、千幸は大きな手で髪を乱される。普段から紳士的なミコトにしては珍しく、少々乱暴な手つきであった。

嫌な気はまったくせず、むしろ安心して忘れていた眠気が戻って来る。

「おやすみなさい……ませ……」

「ああ、おやすみ」

心地のよい微睡みがやって来る。

瞼を下ろせばほんの数秒で、千幸の意識は暗転した。

＊＊＊

千幸が寝入ったのと同時刻。

名取家では、美恵が自室の布団の上で上半身を起こし、苛々《いらいら》と舌打ちしていた。

「ねぇ、痛くて眠れないんだけど？　薬湯はまだなの！」

「た、ただいまお持ちします！」

「遅いのよ！」

障子戸の向こうに控えていた女中に怒鳴れば、その女中は謝りながらも慌ただしく駆けて行く。

他にも「包帯が痒いわ、巻き直して！」やら「気分が休まらないの、もっと香を焚《た》いて！」やら命令が続いて、女中たちは休まる暇がなかった。

忙しなく動きながらも、廊下にいる女中たちはこそこそと小声で言い合う。

「美恵様、荒れていらっしゃるわね……。こんな癇癪《かんしゃく》を起こされる方だったなんて」

「正直、大変よね。でも仕方ないわよ、浄化をし切れなかったなんて初めてのことでしょうし」

「軽傷とはいえお怪我もされているものね」

「あの無能がいなくなってから、なんだかおかしいわ」

突然現れたあやかし……土蜘蛛は、那由多山を住処にしながらも、村にも降りて来て糸を吐き散らし、農作物などに多大なる被害を及ぼしていた。加えて凶暴なため、村では負傷者が相次いだ。

その討伐に村の巫女である美恵が動くのは順当な流れで、いつも通り事は済むはずだった。

しかし……結局、討伐は失敗に終わった。

土蜘蛛が特別強かったわけではない。より強いあやかしも、美恵はこれまで難なく倒して来た。

故に同行した父の耕太郎も動揺し、場は騒然となった。

それでも辛うじて美恵の苦しまぎれに放った矢が、土蜘蛛の数ある目のひとつに当たった。倒すことは出来ずとも退けることには成功し、美恵たちは命からがら逃げて来たのだ。

（ああっ！　なんて無様なの、この私が！）

女中の持って来た薬湯を飲み干しても、美恵の苛立ちは収まらない。むしろ増すばかりだ。

土蜘蛛の反撃で、右腕には擦り傷、左足の膝には青痣《あおあざ》が出来た。

包帯は大袈裟《おおげさ》なくらいの軽い怪我だが、磨き抜かれた己の美しい肌に傷がついたことが、美恵には許せない。

（それもこれもすべて、お姉様のせいよ！）

ギリッと、親指の爪を噛む。

昔から思い通りにいかなかった時、腹立たしさを誤魔化すために美恵がする癖だ。

頭に浮かぶのは、忌々しい双子の姉の姿だった。生贄に捧げれば、その場で鬼に喰われると想定していたのに……。

現れた鬼は目を見張るほどに美しい男で、大切そうに連れて行かれるなんて想定外であった。

（お姉様が生きていると困るの）

美恵の瞳に仄暗い光が灯る。

噛み過ぎた親指を唇から離し、口元に邪悪な笑みを乗せた。

（あの鬼からお姉様を奪い、今度こそ始末するには……）

そこで「美恵、怪我の具合はどうかしら？」と、障子戸の向こうから声が掛かった。

母の梅香だ。

「ううっ、手も足もずっと痛いの……お母様ぁっ！」

「美恵……！　ああっ、可哀想に！」

梅香が入室すると同時に、美恵は嘘の涙を流して泣き付いた。梅香は娘のもとに走り寄り、宥めるように背をよしよしと撫でる。

母の本紫の着物に顔を埋めながら、美恵は震えて懇願する。

「私、怖いわ……また恐ろしいあやかしに負けたらと思うと……」

「だ、大丈夫よ。美恵は私の自慢の娘、村唯一の尊き巫女なのだから」

「でも……もっと大きな怪我でもしたら、お嫁に行けなくなってしまうわ。だからね、蔵の中のものを使わせて欲しいの」

「蔵の中ですって……!?」

梅香は濃い化粧を施した顔を引き攣《つ》らせた。

名取家の離れにある蔵の中には、弓矢以外にも様々な祓具や、巫女に関する資料などが眠っている。どれも貴重なものだ。

その中でひとつだけ、危険で容易に触れてはいけないものがある。梅香はそれを思い浮かべて怯《おび》えているのだろう。

「く、蔵の、どれを使うつもりなの？」

「少し今使っている弓の他にも、扱ってみたいだけよ。〝あれ〟は絶対に触らないから、心配しないで」

「そ、そう……それなら、耕太郎さんにも話を通せば……」

耕太郎は梅香以上に、美恵に甘い。今のように嘘をついて、蔵の中から〝あれ〟を持ち出すことは簡単だろう。

美恵は己の勝利をすでに確信していた。

（束の間の幸せに浸っていればいいわ、お姉様）

三章　夏のふたり

幽世の春の区域に、太陽が昇る頃。

目を覚ました千幸の視界に飛び込んで来たのは、端麗な寝顔だった。鼻先が触れ合いそうな距離感に、悲鳴をぎりぎり抑えてガバッと起き上がる。

(な、なんで私ったら、ミコト様と一緒に寝ているの……!?)

布団の上で後退りながら、必死に経緯を頭で反芻《はんすう》する。

昨夜はこの部屋で、浄化の力や美恵の秘密についてミコトと話し合っていた。その途中で抱いていた恋心を自覚し、つい出て行こうとするミコトを反射的に引き留めたのは千幸だ。

そこからミコトが「今夜は千幸が眠るまで傍にいる」と言って、千幸を布団に誘《いざな》ったのだ。

(私が眠った後に、ミコト様も寝てしまわれたということ……？　お疲れだったのかしら)

各区域を連日ひとりで回っていた上に、凶暴な土蜘蛛と戦い、宴を最後までまとめ切ったのである。働き過ぎと言ってもいい。

最強の鬼であるミコトとて、疲弊しないわけではなかった。

(でもこんな、あどけないお姿を見られるなんて……)

ミコトの寝顔は瑕疵《かし》ひとつない完璧な美しさながら、どこか緩んでいる様子でもあった。

気を許されていると感じて、千幸の心臓が小さく脈打つ。ミコトの目に掛かる前髪を払おうと、慎重に指先を伸ばした時だった。

「……早起きだな、俺の花嫁は」

「ひゃっ！」

ぐいっと腕を取られて、布団の中に引き戻される。

抱き竦められて千幸が混乱に陥っていると、ミコトはイタズラが成功したような悪い顔をしていた。

「ミ、ミコト様！　もしかして最初から狸《たぬき》寝入りだったのですか⁉」

「知っているか？　〝狸寝入り〟という言葉は文字通り、狸が寝たふりをして人間を騙《だま》すことから来ているが、もともと狸は臆病な生き物で衝撃を受けると気を失うそうだ。この春の区域にも〝化け狸〟の一家が住んでいるが、臆病者を自称する長男は化かすのが上手いぞ」

「ご、誤魔化していますね？」

「バレたか」

斜めに逸《そ》らした話題を展開するのは、千幸をからかうためだろう。存外、意地悪な面もある。

（ちょ、ちょっとだけ、化け狸の御一家も気にはなるけど……）

しかも千幸のツボを突く話題選びが悔しい。

クツクツと喉でミコトがおかしそうに笑えば、彼の腕の中にいる千幸にはその微かな振動さえ伝わる。それがなんとも擽《くすぐ》ったかった。

「このまま狸寝入りではなく、ふたりで二度寝するか」

「こ、このままですか？」

昨晩は疲労で寝落ちしたが、意識がはっきりしている時にこんな状態で眠れるわけがない。

千幸が「眠れません……」と蚊の鳴くような声で体を縮こませると、ミコトはまた喉を震わせる。

そこで静々と襖が開いた。

「千幸様？　そろそろ朝餉の準備が整いましたので……あら！」

「タ、タマユキさん……」

現れたのは女中のお仕着せを纏ったタマユキで、寝所を共にしている千幸とミコトに、口元に手を当てて驚愕を露わにした。

次いでなにかを察した顔をしたと思えば、彼女はススス……と襖の向こうにまた引っ込もうとする。

「これはこれは……なんとも野暮なことを致しました。いつもの調子で入室してしまいましたが、今後は気をつけますね」

「ち、違うんです！」

にこにこしながら「お世継ぎがお生まれになる日も近いかしら」などと、タマユキは話を発展させていく。赤飯を炊く準備までしようとしており、一歩間違えると屋敷中に誤解を広められそうだ。

「タマユキさん待って！　待ってください！」

「放っておいてもいいのではないか？」

「ミコト様！　もうっ！」

千幸はあわあわしながら寝起きに誤解を解く羽目になり、始終ミコトは楽しそうであった。

ドタバタした朝を迎えた後。

別の部屋に移動して、千幸とミコトは朝餉を頂いていた。

正座するふたりの前には箱膳が置かれ、そこにはふっくら炊けた白米に、出汁《だし》のよい香りがするイワシのつみれ汁、黄金色に輝く卵焼き、彩り豊かな野菜の胡麻和えが並んでいる。

一品一品がどれも空腹を刺激して、幽世に来てから千幸はすっかり食いしん坊になってしまった。体の肉付きも健康的になりつつある。

イワシのつみれを口に放り込めば、ほろっと崩れた。味わって咀嚼したところで、ミコトが問い掛ける。

「千幸、今日は午後から俺に時間をくれないか」

「……何処かに行かれるのでしょうか？」

お椀につけていた箸を止めて、千幸は小首を傾げた。ミコトは夏の領域にふたりで向かいたいという。

「あそこの頭領が、俺たちの結婚に反対しているという話は前にもしたな」

「はい……」

「つい先ほどその頭領から、端的に用件だけが書かれた手紙が届いた。直接、俺の花嫁と話をしてみたいと」

「私と……直接……」

ピンッと、千幸の背は伸びた。

つまり夏の領域の頭領は、千幸を自分の目で見定めたいということなのだろう。

（ミコト様が説得してくださったおかげで……頑なに人間の嫁を否定していたところから、一度は会ってみようとまで態度が軟化されたということよね？）

頭領との面会は嫁として認められる好機であり、粗相をすればミコトの顔に泥を塗る危機でもある。

その深刻さを受け止めて束の間押し黙る千幸に対し、ミコトは「無理はするな」と眉尻を下げる。

「千幸には拒否する権利だってある。俺としては千幸が不本意に傷付けられるくらいなら、断ってもいいとは……」

「い、いいえ！」

一も二もなく、千幸は〝断る〟という選択肢は否定した。

ぎゅっと胸の前で拳《こぶし》を握る。

「これからもミコト様の嫁として幽世で生きていくなら、ここは逃げてはけないと思うのです。私が越えるべき試練と申しますか……」

「千幸……」

「頭領様に認めて頂けるよう頑張ります」

千幸の覚悟を示せば、ミコトもその覚悟に水を差すのは無粋だと判断したのだろう。

そっと目を伏せた後、柔らかに微笑んだ。

「……では、夏の領域にお前を連れて行く。初めて領域を越えることになるが、そこも平気か」

「そちらは正直、ずっと待ち望んでおりました」

ふふっと笑い合って、ふたりは食事を再開する。

食後にタマユキお手製のアイスクリンという氷菓を食べて、午後からは出掛ける準備をすることとなった。

目的地は夏の領域ということで、千幸は絽《ろ》の着物へと着替えさせられた。

絽の着物は〝絽目《ろめ》〟という細かい穴が縞々に走っており、そのため通気性がよく、涼しく過ごせる夏の正装着である。浅葱色の地に紫の朝顔が緻密《ちみつ》に描かれ、白い帯と合わせて楚々とした仕上がりになっている。

「よく似合っているな、夏着物もその簪も」

「ミコト様が着物も簪も見立ててくださったと聞いて……」

廊下にて着替えた姿をお披露目した千幸は、ミコトの真っ直ぐな褒め言葉に頬を染めながら、つまみ細工の花簪に触れる。

結い上げた髪を彩るのは、浴衣の柄と同じ大輪の朝顔だ。

「それらは馴染みの呉服店で選んだものだ。いずれ夏の領域にも連れて行くつもりで、空いた時間に俺が揃えたんだ」

多忙な中でそんなこともしていたなんてと、千幸は驚きを隠せない。

寸法はタマユキも手伝って、千幸の着古した木綿の着物を参考にしたようだが、丈もピッタリだ。

「に、人間の世界で買われたのですか？」

「いや、呉服屋を営んでいるのは、この幽世にいる化け狐の一族だ。ただ狐は化けるのが狸たちよりも達者な者が多い故、人間の世界でも商売をしているがな」

「本当に、いろんなあやかしがいるのですね……」

すべてを人間の敵として祓う対象にすべきではないと、改めて千幸は思う。

ついでに呉服屋の狐と、臆病者な長男狸の化け比べを想像してちょっとだけ和んだ。

狐の方は素晴らしい着物を取り扱っていることは確かで、ミコトの纏っている鼠《ねずみ》色の駒絽《こまろ》も質がいい。

絽の生地の一種である駒絽は、より織り方に隙間が多く軽量で、シャリ感のある生地が特徴だ。ミコトの佇まいからは清涼感が溢《あふ》れており、長い絹糸のような髪やとんぼ玉の数珠がまた小粋な印象だった。

「あの、ミコト様も夏着物……とても素敵です」

「俺たちが並べば、似合いの夫婦だろう。そう見えるようにした」

「は、はい！」

鬼のミコトは暑さや寒さなどは感じないそうだが、わざわざ千幸に合わせてくれたようだ。

意気込んで返事をする千幸の手を取り、ミコトは「行くか」と歩み出す。玄関でタマユキに見送られ、千幸たちは屋敷を後にした。

「……この橋を渡れば、夏の領域なのですね」

橋の前まで来て、千幸は川の向こう側を見遣る。やはり白い霧に隔てられて様子はまったくうかがえない。

いよいよ領域を越えるのだと、気を引き締めて一歩を踏み出した。

鮮やかな朱塗りの橋は、秋の領域に続く橋と見た目はまったく同じで、足場はぐらつくこともなくしっかりしている。

それでも強張る千幸の手を、ミコトはしかと繋いでくれた。

「あちらに着いて早々、頭領に取って食われるようなことはないだろう……たとえなにがあっても、傍には俺がいる」

「なにより心強いです」

ふたりは橋の中央を越え、白い霧の中に入る。視界がいったん曇ったところで、虫の鳴く音が細く聞こえて来た。

ミーンミーンと反響するのは、蝉の鳴き声だ。

「ここが夏の領域……！」

霧が晴れて、真っ先に感じたのは強烈な暑さだった。気温が一気に上がったのがわかり、じわりと千幸の背中に汗が浮かぶ。

橋を渡り切れば小径が続いており、その左右には見渡す限りの向日葵畑が広がっていた。目が覚めるような一面の黄色だ。

「なんて立派な向日葵でしょう……どれも、私の背丈より高そうです」

「春の領域にある桜と同じだ。年がら年中ここは常夏で、一番盛りの姿で咲いているからな」

小径を進みつつ、千幸は迫力満点な向日葵たちに圧倒される。見上げると首が痛いくらいだ。

「それより、体調に障りはないか？」

「大丈夫です。暑さにもだんだん慣れて来ました」

「我慢せず辛かったら口にしろ。人間は極端な暑さや寒さには強くはないだろう。千幸はひとりで抱え込みがちだからな」

いっそ過保護なまでに心配するミコトに、千幸は「ほ、本当に大丈夫ですよ！」と繰り返す。

夏着物でなければもっと汗だくだっただろうが、そもそも千幸は回帰の影響で、短い間に夏を何度も経験している。季節的に順応はしやすいのだ。

「もし辛くなったら、ちゃんとミコト様に申し上げます」

「それならいいが……」

やっとミコトが過保護さを引っ込め、納得してくれた時だった。

「あらまあ！　お前さんが噂のミコト様の花嫁殿かい？」

どこからかシャキシャキとした女性の声がするも、その姿はない。

千幸が周囲を見渡していると、その声は「下をご覧なさないな、下！」と促した。

「白い蛇……？」

千幸の足元には、小さな一匹の蛇がいた。白粉を塗ったように真っ白で、ちょこんと黒目がゴマ粒のようについている。

一見すると普通の蛇だが、喋《しゃべ》っているところからもあやかしだろう。

「あたしは夏の領域の頭領、オロチガネ様の遣いだよ！　この領域を治めるお手伝いをしているのさ！　気軽にオタキと呼んでおくれ」

「オタキさん、ですね」

(ということは、オロチガネ様も蛇のあやかしなのかしら)

ミコトやタマユキのような人型のあやかしもいれば、動物の化生もいる。千幸としては人型の方が馴染みやすいのは確かだが、どんな姿形のあやかしとも対話は試みるつもりだ。

「オロチガネ様のご指示で、あたしはミコト様とその花嫁殿を迎えに来たわけだ。後ろについておいで！」

ふふんっ！と細長い肢体で、オタキはふんぞり返っている。

ミコトが先方の要望通り、花嫁を連れて訪問するとのことで、わざわざお出迎え役が派遣されたらしい。

「オロチガネはいつもの住処にいるのか？」

「ええ！　そこまでご案内しろと仰《おお》せつかっておりますよ。なんのお話をするかまでは聞いておりませんがね」

チョロチョロと蛇行するオタキに、千幸たちは素直に続く。ミコトは知っている場所のようだが、千幸はどんな〝住処〟なのか想像もつかない。

（なにを言われるかくらいは、想像は出来るけど……）

千幸に会ってくれるほどには態度が軟化したとはいえ、人間の嫁はやはり認められないやら、こんな貧相な娘がやら、批判されるだろうことは覚悟の上だ。

（問題ない、問題ないわ……酷い言葉をぶつけられることは、名取の家で慣れているもの）

そう千幸は、自分自身に言い聞かせた。

オタキは体をくねらせながら、申し訳なさそうな声を出す。

「連夜行われた結婚の宴には、一日も出られずに悪いねぇ。あたしとしては手放しで祝ってやりたかったんだけどさ」

「お、お気持ちだけで私は嬉しいです」

控え目に感謝の意を表す千幸に対し、ミコトはやれやれと肩を竦めている。

「オロチガネの人間嫌いは筋金入りだからな。自領の頭領の意向に従うのは致し方ないことだ」

なんでもかつては、オロチガネは人間の世界の小さな村で神と同等に扱われて敬われ、人間たちのために堕ち妖から村を守っていたそうだ。その頃は人間を自分の家族のようにさえ思っていた。

だが村で飢饉《ききん》が起きた際、そのすべてをオロチガネのせいにされた。集団で討たれかけ、幽世に逃げ延びたのだという。

(村の人々は、あやかしを憎む対象にしたのね……。そんなことがあっては、人間そのものを信頼出来なくもなるわ)

当時のオロチガネの心情を慮《おもんぱか》り、千幸は胸が痛んだ。

「ミコト様が選んだ花嫁殿が、そんな村の奴等とは違うってこと……オロチガネ様もどっかでは理解しているんだろうけどねぇ」

「直接お話しして、信頼を得られるといいのですが……」

そのような会話をオタキとしながら、程なくして住処のあるという林の中へと入った。林は生い茂る葉が日差しを遮ってくれ、避暑地のように気温が僅かでも下がって涼しい。

「見えて来たよ！　オロチガネ様がいるのはあの沼さ」

オタキが尾の先で、灰色の沼を指し示す。

沼は林の拓けたところに、ぽっかり空いた穴のように広がっており、濁った水は黒くおどろおどろしかった。

（この沼の奥にオロチガネ様がいらっしゃるのかしら）

傍まで近付いてそうっと見下ろすも、千幸はそのまま引き摺《ず》り込まれそうに錯覚した。落ちたら這い上がれない気がする。

「さあ、オロチガネ様をお呼びするよ！」

オタキはそう宣言すると、ポチャンッと音を立てて沼に飛び込んだ。

「オタキさん……!?」

「千幸、危ないから下がれ」

咄嗟に千幸は大丈夫かと水の中を覗《のぞ》こうとするも、後ろからミコトに強く手を引かれる。

ザヴァッと、沼の水が盛り上がった。

派手に灰色の水飛沫《みずしぶき》を上げて、黒光りする巨大な蛇の頭が現れる。体躯は硬そうな鱗《うろこ》に覆われ、翡翠《ひすい》のような目は瞳孔《どうこう》が縦に長い。牙の生えた口元からは、細長い舌がちょろりと伸びている。

(この大蛇が、オロチガネ様……?)

頭領というだけあって、降り注ぐ威圧感は重い。一歩間違えると即座に丸呑みにされそうだ。

萎縮《いしゅく》した千幸は喉が急速に渇いていくも、必死に腰を折ってお辞儀をする。

「お、お初にお目にかかります。私はミコト様の花嫁で千幸と申しまして……っ」

「……お主が」

ギロリと蛇の目に睨まれて、渇いていた喉がヒクッと引き攣る。

千幸の腕を掴んでいたミコトが、急いで千幸を庇おうと前に出た。「オロチガネ、まずは冷静に話をしよう」と鋭い声で諌《いさ》めようとするも……。

「花嫁殿! 此度はそなたの尽力に、お礼申し上げる!」

オロチガネは深々と、その頭を下げた。

「えっ!?」

あまりにも予想外の行動に、千幸だけでなくミコトまで意表を突かれている。嫌悪や拒絶を向けられると身構えていたのに、まさか真摯に礼をされるなど、本当に予想外だ。

「あ、あの……今日は私を見定めるために呼んだのでは……？　尽力とはなんのことでしょう……？」

「呼んだ理由は貴殿に直接、御礼を述べるためだ。セイキチを、堕ち妖の土蜘蛛から助けてくれたことへのな」

「土蜘蛛って……」

ミコトの方は「セイキチ……なんだ、そういうことか」と先に合点がいったようだが、千幸はまだ状況についていけていない。セイキチとは誰なのかも不明なのだ。

その時、ガサッと林がざわめき、何者かが飛び出してきた。そしてそのまま、千幸に抱きつく。

「わーい！　また会えたね、お嫁さま！」

「子河童くん!?」

正体はつい先日、那由多山で迷子になっていた子河童だった。緑色のつるつるとした皮膚はひんやり冷たい。

当人は元気いっぱいでニコニコしている。

千幸は遅れて、この子河童の名前こそがセイキチというのだと察した。

（そういえば、河童のご一家は夏の領域に住んでいるのよね）

思えば父河童は夏の領域から、宴に参加していた少ないあやかしの一匹だ。普通ならばオタキのように、頭領のオロチガネの手前、宴に出るのは遠慮しそうなものだが……。

ミコトはやれやれと嘆息して、オロチガネの方に厳しい目を向けた。

「貴方が寄越した手紙は、あまりに言葉足らずだ。こちらは要らぬ気を揉んだぞ」

「むむっ！　そうであったか？」

「もうとっくに俺の嫁を認めていて、それどころかセイキチの件の礼をしたいならば、事前にそう報せるべきだろう……いや、その件があったから千幸を認めたのか？」

頭を上げたオロチガネは、うむうむと頷く。

「夏の領域に住む者は皆、我の家族同然。その家族を救ってくれたとあらば、我も考えを改めねばならん。花嫁殿は我を裏切った人間とは違う……セイキチの父からもお墨付きをもらったしな」

……つまり、オロチガネの話を順番にまとめるとこうである。

最初は確かに、人間嫌い故にミコトと千幸の結婚に反対はしていた。

だがミコトの根気強い説得により、人間というだけで撥《は》ね除けるのは、頭領としても些《いささ》か狭量では……と、オロチガネもだんだん揺れ動いて来る。

まず、いったい千幸がどのような人間なのか、自分より先に他者の意見が聞きたいと思った。

そこで白羽の矢が立ったのは、悩んでいた時にたまたまオロチガネのもとを訪れていた父河童だ。

オロチガネと父河童は、人間の世界にいた頃からの旧知の仲。夏の領域の皆が、オタキのように自然と宴への参加を見送る中、オロチガネは密かに友人として信頼する父河童に、宴でのミコトと千幸の様子を見て来るよう頼んだのだ。

(父河童さんがそんな……知らなかったわ)

一種の偵察も兼ねていたようだ。

沼のほとりに佇みながら、千幸は黙って話に耳を傾ける。

他にも夏の領域からの参加者は、少数ながらいるにはいた。だが彼等は幽世の新参者で、単にオロチガネの人間嫌いを知らぬ者たちだった。

父河童だけが、友人の頼みを聞いて偵察に来ており、最後まで友人のためにミコトにもそのことは明かさなかったのだ。

「だがすぐ後で、セイキチの迷子事件が起きてな……。幽世で我よりも強い力があり、人間の世界にも精通しているミコト様に、セイキチの父が助けを求めるのは当然だ。だがその件で花嫁殿にも世話になったのに、偵察だったことを黙っているのが、後から心苦しくなったと嘆いておった」

しゅんと小さくなって、オロチガネは「セイキチの母も体調を崩して気苦労が多かったところに、申し訳ない頼みをした」と項垂《うなだ》れる。

威圧感に萎縮させられたのは最初だけで、千幸はオロチガネの存外素直そうな性格に親しみを覚えて来ていた。

（素直な方だからこそ、人間を信頼して裏切られて……。けどちゃんと、ミコト様の説得も聞き入れようとしてくださったのね）

そんなオロチガネだからこそ、オタキをはじめとした夏の領域の者たちが従う気もした。

「お父ちゃんはオロチガネ様のこと別に怒ってなかったし、お母ちゃんの病気もよくなって来たから大丈夫だよ！」

千幸にへばりついたまま、子河童ことセイキチは無邪気に報告する。

どうやら那由多山で採った黄色い花は、ちゃんと腹痛に効いたらしい。母河童の体調が回復していると聞いて、千幸も一安心だ。

「でもセイキチくんは、どうして今日ここに来たの？」

「オロチガネさまが、住処にお嫁さまとミコトさまをお呼びするってお父ちゃんに教えてもらったから！　お嫁さまにまた会えるんだって思って！」

「私に会いに……？」

「お嫁さまはボクたち家族の恩人さんだから！」

えへへっと、セイキチは嘴を綻《ほころ》ばせる。真っ直ぐな好意が千幸には眩しいくらいだった。

「……では、オロチガネ。改めて確認するが、千幸と俺の結婚に賛同するということでよいのだな？」

夏着物を翻《ひるがえ》して腕を組み、ミコトは厳かに問うた。

スッとオロチガネも雰囲気を変える。親しみ深さは鳴りを潜め、現れた時の威圧感に加え、かつて神と敬われていた際の荘厳ささえ背負って首肯する。

「うむ……夏の領域の頭領の名において、賛同致す。そなたたちの婚姻には今後一切、余計な口出しはせぬ」

オロチガネは千幸の前に、ゆっくりと頭を伏せた。

迫力ある牙や翡翠の如き瞳が眼前に来て、千幸は一瞬ビクリとするも、粛々《しゅくしゅく》と念を押すように謝罪と礼を述べられて体から力が抜ける。

認めてもらえたのだと、実感した。

「ありがとうございます、オロチガネ様」

「我に花嫁殿が感謝することなどひとつもない。その感謝はせめて、我からの結婚祝いを受け取ってからにしてくれ……オタキ！」

ずっと沼に潜っていたオタキが、呼び掛けに応じて「はいよ！」と出て来る。白い肢体には藻《も》が張り付いており、地面に上がってぷるぷるとそれを払った。

どうやら沼の中で会話は聞いていたようだ。

「まったく、オロチガネ様も用件を先におっしゃってくれたらいいのにさ！　これで心置きなく、あたしも祝えるってもんだ！」

ぷんぷんと怒るオタキの尾には、なにか黒光りする薄いものが巻き付いていた。差し出され、千幸はおずおずと受け取る。

ちょうど手の平に収まるくらいのそれは、よく見ると鱗だった。おそらくオロチガネの鱗だ。

「まさか〝大蛇の鱗〟を……よいのか？」

「き、希少な品なのですよね？　きっと……」

驚くミコトに千幸が問えば、予想以上の答えが返って来る。

「これは水を司る御守り。願えば雨をも降らせ、涸《か》れた井戸から清水を湧かせることも可能な代物だ」

「そこまで凄いものなのですか!?　う、受け取れません！」

オロチガネが自らの鱗を剥《は》がし、力を込めた非常に貴重な御守りだと聞いて、慌てて千幸は返却しようとする。自分が持つにはあまりに恐れ多かった。

だがオロチガネは「受け取ってくれ」と蛇の目を細めた。

「我が賛同したのだ。ご祝儀としては足りないくらいである」

「ですが……」

まだ遠慮する千幸の肩を、優しくミコトが抱く。

「受け取ってやれ、千幸。肌身離さず持ち歩いておけば、いざという時に助けになるはずだ」

戸惑いながらも……最終的に、千幸は鱗を丁寧に手巾で包んで、懐へと仕舞った。オロチガネの厚意を無駄にはしないことにしたのだ。

これで話し合いも終わり、後は春の領域に帰るだけ。

しかし、せっかく夏の領域を訪れたのだからと、どうせなら満喫して行くよう勧められる。

「案内役はオタキに任せよう。日暮れまでいるとよい。ちょうど今夜は、月に一度の〝あれ〟もあるからな」

「あれ……？」

オロチガネの仄めかす〝あれ〟とはなにか。

オタキは「夏の領域の名物さ！」と自慢気にし、セイキチも「お嫁さまもきっとびっくりするよ！」と心弾ませている様子だ。

「名物で、びっくり……なんでしょう？　ミコト様はご存じですか？」

「ああ。人間の世界から取り入れたものだから、千幸もわかるはずだ」

「人間の世界にある……」

「夜までのお楽しみだな」

人差し指を口元に当てたミコトの茶目っ気に、千幸は下手に聞き出すことはやめておいた。

今ここで聞くのは無粋というものだ。

「ねぇねぇ！　夜まで時間があるなら、ボクのお家に来て！」

「セイキチくんのお家？」

「うん！　お父ちゃんとお母ちゃんも、お嫁さまに会いたがっているの！」

ぐいぐいと、セイキチは千幸の着物の裾を引っ張る。

よほど千幸を招待したいようで、まずはミコトやオタキと共に、セイキチの家へとお邪魔することになった。

「それでは失礼致します、オロチガネ様」

「うむ……我はご夫婦のためならば、いつでも力を貸そう。息災でな」

オロチガネに別れを告げて、沼を離れようとする。

だが立ち去る前にふと、思い出したようにオロチガネがミコトを呼び止めた。

「ひとつ懸念点があったので、ミコト様に念のためご報告しておく。ちょうど本日の午前頃、オタキとは別の我の遣いが、人間の世界へと赴いておった際……酷く邪悪な堕ち妖の気配を感じたという」

「……土蜘蛛とは異なる気配か。奴は俺が片付けて、そろそろ消滅したはずだが」

「遣いの話ぶりから、あのような小物ではない。この件は翁にも相談事として手紙を送っている故、詳細がわかればまたご報告する」

翁はその天狗眼の力や博識さで、オロチガネからも頼りにされているようだ。それは素晴らしいことだが、会話の内容はどうにも不穏である。

(なぜかしら……はっきりと、美恵の顔が浮かんだのは)

双子の妹の隠された能力についても、翁にはミコト経由で調査依頼が行っている。けれどその美恵のことと、〝邪悪な堕ち妖の気配〟とやらは今のところ無関係のはずだ。なのに千幸の脳内では、美恵の高笑いが木霊《こだま》して離れない。

「お嫁さま？　立ち止まってどうしたのですか？」

「……ごめんなさい、行きましょうか」

足を止めて顔色を悪くする千幸に、セイキチが円らな瞳をきょとんとさせている。

ミコトはまだオロチガネと話すことがあるようで、千幸とセイキチ、オタキは一足先に林を出た。

千幸の胸には一抹の不安が巣食う。

（この先、何事もないとよいのだけど……）

気温は変わらず高く、辺りは蝉の鳴き声に包まれている。

その中で待つこと五分ほどで、ミコトは千幸たちと合流した。待たせたことを詫《わ》びられたが、千幸はふるふると首を横に振る。

（邪悪な堕ち妖のこと……もう少し詳しく知りたいけれど、セイキチくんもいるところで話すことではないわね）

ミコトだってまだ情報収集はこれからだろう。

千幸は切り替えて、今はオロチガネに勧められたように夏の領域を満喫することにする。

「いらっしゃいませ、我が家へ！」

「お待ちしておりました！」

手始めにセイキチの家を訪ねると、父河童と母河童に手厚い歓迎を受けた。

家といっても川辺に住む彼等は洞窟暮らしで、成り行きで千幸は川魚の捕り方や、外での火の起こし方などを教わった。捕れたての鮎を焼いて食べると、身が引き締まっていて絶品だった。

「千幸は魚を捌くのが上手だな。セイキチたちも手際がよくて丁寧だと、しきりに褒めていたぞ」

「な、名取家でよくやっていただけで……！」

朝から夜まで働かされ、過労気味ではあった千幸だが、料理をすること自体は好きだった。

幽世に来てからは美味しい食事を提供される立場になってはいるものの、今後は率先して台所仕事を手伝おうと決める。

(タマユキさんにも許可を取りましょう。ミコト様に私から手料理を振る舞って、食べてもらえたら……)

少しでもミコトが喜んでくれたらと想像し、それだけで千幸は幸せな気持ちになった。

焼き魚の後のおやつには、川で冷やした大玉の西瓜《すいか》を切り分けた。ミコトと並んで岩場に腰掛けて、瑞々しい西瓜をシャクシャクと食べていると……どこからか、わんさかと様々なあやかしたちがやって来た。

「ああっ、ミコト様だ！　なんと相も変わらず神々しい御姿……お隣の方が花嫁殿でござろうか？」

「やっとお会い出来て光栄です！」

「人間と会うのは久方ぶりじゃが、河童のセイキチの恩人らしいですな」

「夏着物がどちらも素敵で……お似合いのご夫婦ではありませんか！」

すっかり川辺はやいのやいのと騒がしい。どうやら皆、目的は千幸を一目見ることのようだ。

結婚に反対していたオロチガネが、千幸をミコトの花嫁として認めたという事実は、瞬く間に夏の領域中に広まっていた。さっきの今で情報が早すぎるが、それだけ誰も彼もが注目していた事柄だったのだろう。

そして、噂の千幸にようやくお目通りがかなう、あわよくば挨拶も出来ると、一斉に領域中から集まったのだった。

「宴に参加出来ず、お祝いも遅れて申し訳ございません！　オロチガネ様にも認められたようで、おめでとうございます！」

「あ、ありがとうございます……っ」

二又に分かれた尻尾を持ち、二足歩行で立つ茶毛の猫又《ねこまた》から、心からの祝福を贈られた。もう誰にも結婚を反対されていないのだと、千幸は遅れて来た安堵《あんど》感に少し涙ぐむ。

そんな千幸の目元を優しくひと撫でして、ミコトも集まったあやかしたちに礼を返している。

「皆の者、今後とも俺の千幸をよろしく頼む」

ミコトがそう告げれば、皆は一斉に頷いた。

全員になるべく真摯に対応していたら、あっという間に空は薄暗くなって来てしまった。

「まったく、もっと簡単にあしらってもよかったと思いますがね！　お嫁様は人がよすぎますよ！」

「で、でも、私などのためにご足労頂いているので……」

「優しいのも困りものです！　さぁ、ここがオススメする場所ですよ！」

呆れるオタキに案内されたのは、小高い丘の上だった。

見晴らしがよく、夏の領域が隅々まで視界に収められる。薄暗くとも目を凝らせば、なにが何処にあるかは認識出来た。

以前にミコトが空まで飛んで見せてくれた景色と重なり、千幸は瞳を輝かせる。

「ここからでしたら、地図がなくとも位置もわかりますね！　あちらが春の領域に渡れる橋で、ひまわり畑があっち、セイキチくんたちのいる川辺も……」

「オロチガネのいる林もわかるな」

はしゃいであちこちを指差せば、ミコトも一緒になって目で追ってくれる。

なお、セイキチとは彼等の家である洞窟で別れ、たくさんのあやかしたちもここにはいない。オタキも「あとはごゆっくり」と気を利かせて姿を消した。

この場には今、ミコトと千幸のふたりだけだ。

「ここでオロチガネ様たちが勧める、夏の領域の名物の〝あれ〟が行われるのでしょうか……？」

「まあ、ここからだと観賞はしやすいだろうな」

「観賞……」

まだピンと来ていない千幸に、ミコトはぎりぎりまで秘密にするつもりらしい。

ビュッと、そこで夏風が吹き抜ける。

「わっ！」

熱を孕《はら》んだ風は、千幸の夏着物に描かれた朝顔を揺らした。

ミコトの長く美しい髪も散らばるように靡《なび》く。その拍子に、彼の首裏から肩に掛けて火傷《やけど》らしき痕があるのを見つけて、千幸は息を呑んだ。

「ミコト様、そちらの首の痕は……」

彼に抱き締められたり共寝したり、近くで接していたのにこれまでまったく気が付かなかった。それは恐らく千幸が、刺激の強い状況に頭がいっぱいいっぱいになっていたからだろう。

オロチガネに認められて、心の余裕も出来たためか。周囲が薄暗くともやけにくっきりと目に入った。

（鬼は回復力も強いはずなのに、癒えない痕になるほどなんて……け、軽率に聞いてよかったのかしら）

　踏み込んでいい事柄だったのか。

　つい口に出してしまった後から千幸は焦るも、ミコトは淡々と明かす。

「これは……百年ほど前、鬼の堕ち妖と戦ってやられた痕だ」

「鬼ということは、ミコト様と同じ……？」

「そうだ」

　ぐっと柳眉を顰《しか》めて、ミコトは首の火傷痕を押さえる。

「炎を使う荒くれ者の鬼で、力に溺れてほとんど自ら堕ち妖になったような奴だった。いたずらに破壊を繰り返し、人間もあやかしも痛め付けて襲いかかる所業が目に余り、俺が諫めるために動いたんだ」

「酷い……」

　その〝悪鬼〟と呼ぶにふさわしい鬼は、残虐非道の限りを尽くしたようだ。

　当時のミコトは死闘の末、悪鬼に致命傷を与えて退けた。弱ったところを悪鬼は、通り掛かった祓除師に封印されたという。

　そうして決着はついたものの……ミコトも無傷とはいかず、悪鬼の炎で火傷の痕が残ったのだった。

「も、もう痛くはありませんか？」

「ああ、百年も前のことだからな」

「たとえば……その、この痕が堕ち妖につけられたものなら……」

浄化の力が使えれば、消せるのではないか。

あやかしを祓う浄化の力は、言い換えればあやかしの力を打ち消すもの。火傷痕が悪鬼の禍々《まがまが》しい力によるものなら、その痕だけを祓うことも可能なのでは……と、千幸はそう考えた。

（今の私には浄化の力はないけど、本当に美恵が私から奪っていて……それが戻って来たら……）

無意識に千幸は、ミコトの火傷痕に指先を伸ばしていた。彼が拒まなかったため、労わるように痛ましくも赤く爛《ただ》れた皮膚に触れる。

刹那、また記憶の歯車が動いた。

こうしてミコトの首の痕に手を伸ばしたのは、初めてではない。

（今度は何度目の人生の記憶……？）

しかし、千幸の思考は中断された。

遠くの方でドンッと破裂音がしたのだ。

それに驚く間もなく、闇を深めていた空に鮮やかな光の花が咲く。

「花火……！」

これこそが夏の領域で、月一に行われる名物。風物詩と言ってもいい。

次々と夜空で咲く花火は、なんとも見事なものだ。

「風情があるだろう。火薬の扱いに長けた〝釣瓶火《つるべび》〟や〝輪入道《わにゅうどう》〟などのあやかしが集まって、人間の世界から取り入れた花火を上げているんだ」

さり気なくミコトは、火傷痕に触れていた千幸の手を取り、そのまま包むような力で握り込んだ。手を繋いで並びながら、ふたりで花火を鑑賞する。

千幸は懐かしむように目を細めた。

「花火がどんなものかは、お初……私のことを唯一気に掛けてくれていた女中に、教えてもらってはいました。空に広がる芸術だと。ですが実物が、こんなに圧倒されるほど美しいだなんて……」

色取り取りの光に照らされる千幸の顔は、花火に釘付けな上に、口元は緩みっ放しだ。

その様子をミコトは愛し気に盗み見ている。花火よりも見られているとは、当の千幸は気付かない。

「あっ！　今度は滝のような花火です！」

「技術の進歩には感心させられるな……花火の始まりは、人間で言うところの江戸の世だったか。飢饉や疫病が流行り、それによる死者の慰霊を目的として上げたという一説は耳にした」

「さすがミコト様、お詳しいですね」

「当時の花火にはあのような色はなく、もっと白っぽかったぞ」

色彩溢れる花火が生まれたのは、ここ最近のことだ。金属粉を組み合わせて色を出しているのである。

ポツリポツリとそんな他愛もない話をしていたら、次は菊の花の形のように光が放射状に飛んだ。伝統的な菊花火だ。

ミコトは千幸と繋いだ手に、心なしか力を込める。思わず千幸は、花火からミコトの横顔に視線を移した。

「……俺たちが平穏な夫婦生活を送るには、片付けるべき問題がまだある。だがすべて乗り越えて、千幸とこうして永遠に過ごしていきたい」

「ミコト様……私も、です。私も乗り越えて、何度だって隣で花火が見たいです」

ミコトと千幸は目だけで以心伝心するよう、しばし見つめ合う。

壊れ物を扱うように、ミコトが千幸の頬に手を添えた。それが決められた合図かのように、千幸はゆっくりと目を閉じる。

　そしてふたりは顔を近付けて、初めての口付けを交わした。

低めなミコトの体温と、高い千幸の体温が溶けて混ざり合う。花火の音も光も消えて、互いの世界にはお互いしかいない。

（この幸せが、ずっと続きますように）

名残惜しくも唇が離れる寸前、千幸は強くそう願った。そこで一際大きな花火が打ち上がる。

　こうして夏の領域の一日は、闇夜に儚く散った光の粒と共に幕を閉じたのだった。

四章　帝都の再会

「ねぇ、最近の美恵様って機嫌がいいと思わない？」

昼下がり、名取家。

人間の世界では夏の盛りを終え、村で一番大きなこの屋敷の庭に立つ樹木も、秋色に移ろい始めていた。

年若い女中たち三人は箒《ほうき》を片手に集まって、縁側が見える庭で掃除をしつつ雑談に興じている。

「一時期はかなり荒れていらっしゃったじゃない。ほら、凶暴な蜘蛛のあやかしを退治し損ねて」

「あの時は大変だったわね。でも、なんであんなにご機嫌なのかしら？」

「名取家自体は大変な時なのにね」

お下げの女中は、ふう……と溜息《ためいき》をついた。

先月から奥方である梅香は、体調を崩して連日寝込んでいる。原因不明の衰弱が続いており、帝都からわざわざ呼び寄せた高名な医者さえ匙《さじ》を投げた。

妻の不調に当主の耕太郎も参っており、屋敷には常に陰鬱な気が沈殿している。

「そういう私も、肩が重くて怠いというか……」

「わかるわ。食欲もないし、朝起きるのが億劫だもの」

「元気なのは美恵様くらいかもね。それが……かえって不気味じゃない？」

陰口とも取れるお下げの女中の危うい発言を、残りのふたりが「馬鹿！　口を慎みなさい！」「聞かれたらどうするのよ！」と慌てて咎《とが》める。

そこで縁側から声が掛かった。

「──あら？　ずいぶんと盛り上がっているようだけど、なんの話かしら」

毒々しいほど真っ赤な着物姿で悠々と現れたのは、噂の中心である美恵であった。

女中たちの顔は一斉に青褪《あおざ》める。

「み、美恵様!?　私たちはなにも……！」

「ふふっ、箒を持つ手が止まっているわよ？　仕事をサボるのもほどほどになさいね。〝無能〟はいらないから」

すでにここにはいない美恵の姉を彷彿とさせる言い回しに、女中たちはさらに怯えた。その姉がどんな扱いをされていたか、また自分たちがしていたかを、嫌でも思い出したからだ。

だが幸い、危うい発言を拾われたわけではないらしい。

「も、申し訳ございません！　気を付けます！」

「そうしなさい」

謝罪を受けたら、美恵はもう興味をなくしたようにあっさりと去って行った。その際、指でキラリと輝くものを、お下げの女中が目撃する。

「はあー……びっくりした」

「怖かったわ……なんか美恵様、ちょっと雰囲気変わった気もするわよね。凄みっていうの？　そんなのがあるっていうか」

胸を撫で下ろすふたりの女中の横で、お下げの女中は黙ったままだ。「どうしたの？」と聞かれて、ようやく重たそうに口を開く。

「さっき美恵様の指に、黒い石のついた指輪があるのが見えて……。そこから変な靄《もや》みたいなのが出ていたから、気になっちゃって」

「指輪？　やだ、だから機嫌がいいのかしら！」

「意中の殿方からの贈り物ってこと？　羨ましいわあ、きっと高価なものなんでしょうね」

結婚や色恋事に関心の強い乙女なふたりは、指輪というだけで勝手に妄想をして、きゃっきゃっとはしゃぎ出す。靄が出ていたというくだりは、自然と無視されてしまった。

「なんか嫌な感じがしたんだけど……ただの気のせい、かな」

違和感を抱くも結局、お下げの女中も掘り下げることはしなかった。

その黒い靄がすでに屋敷中に蔓延し始めていることを、誰も気付くことが出来なかったのである。

＊＊＊

「私がこんな格好……お、おかしくないですか？」

昼下がりのミコトの屋敷では、千幸が自室で気まずそうにもじもじと膝を擦り合わせていた。

彼女の華奢な体をふんわり包んでいるのは、いつもの着物ではない。膝下丈のワンピースだ。若草色に細かなチェック模様入りで、丸襟には白い小さなリボンがきゅっと結ばれている。

上品ながら少女らしい、愛らしさのある一着である。

「まあ、おかしなことなんてありません！　とってもお可愛らしいですよ」

着替えを手伝ったタマユキは、色白な両手を合わせてにこにこしている。

「洋装も煌《きら》びやかでよいものですね。こういうのを、人間の世界では〝ハイカラ〟と呼ぶのでしたか」

「ハ、ハイカラだなんて……」

ワンピース姿をハイカラと評するのは、言葉の使い方として間違ってはいないが、千幸は自分に着こなせている気はまったくしなかった。

（足元がスースーして落ち着かないわ……美恵はよく、こういうのが着てみたいってお父様に強請っていたけど）

そもそもなぜこんな格好をすることになったのか。

すべては昨夜、ミコトのもとに届いた一通の手紙と、贈り物の大きな箱が発端である。

（化け狐のアカリさん、だったわよね）

それが手紙と箱の送り主の名だ。

アカリは呉服屋を営んでいる化け狐の一族で、この幽世と人間の世界、どちらにも自分の店を持っている。幽世の店はミコトの行きつけであり、千幸が夏の領域に行った際に着た夏着物を仕立ててくれたところだ。

そのアカリが此度、流行りに乗って、人間の世界の方で洋服を専門とした新しい店舗を構えることになった。

贈り物の箱の中身こそ、千幸が今着ているワンピースや靴、帽子などの洋装一式で、手紙にはこう書かれていた。

『ミコト様へ

どうぞ私の新しい店に、お嫁様とご一緒に遊びに来てくださいませ。せっかくなので当店の御召し物を着て、是非とも。

楽しみにお待ちしております』

……お誘いを無下にするわけにもいかず、千幸は人生初の洋服に袖を通すことになったわけだ。

「靴やお帽子も早く合わせてみたいですね。アカリはいつだって最先端のお洒落《しゃれ》さんで、見立てるのも上手ですから」

「アカリさんとタマユキさんは、お友達同士なのでしたっけ」

雪女と化け狐。種族の違うふたりだが、どちらも甘いものが好きでたまにお茶する仲なのだという。

「アカリほど、人間に馴染んでいるあやかしはいないのではないでしょうか。気のいい子ですよ。少々、暴走しやすい性格が玉に瑕《きず》ですけれどね」

苦笑するタマユキに、千幸は首を傾げつつ提案する。

「まだお店に行ったことがないのでしたら、タマユキさんもご同行されても……？　きっと洋服だって私などより似合いますよ」

「そんなことはありませんよ」

おっとりとタマユキは否定するが、千幸はお世辞を言ったつもりはなかった。色白美人なタマユキはきっと、洋服だって問題なく着こなせるだろう。

「それにアカリの店には、また個人的に後日伺います。ご夫婦のランデブーにお邪魔しては、ミコト様にも申し訳ないですから」

「らんでぶー……？」

「男女で出掛けることらしいです」

「タマユキさんってけっこう、新しい言葉に詳しいですね……」

「アカリから教わったので」

ふふっと、タマユキは笑う。

ハイカラやランデブーなど、千幸よりよほど使いこなしている。アカリからはさらに横文字が飛び出しそうだ。

「千幸、着替えは終えたか？」

「あ……！　ええっと！」

襖の向こうからミコトに声を掛けられ、千幸はわたわたと取り乱す。この姿をお披露目する心の準備はまだ整っていなかった。

だが無情にも、タマユキが「はい、終えておりますよ」と答えてしまう。

「タ、タマユキさん！」

「千幸様の心が決まるまでお待たせしていては、出掛ける前に日が暮れてしまいますでしょう」

「うっ……そ、その通りですが……」

あまりにも的確なタマユキの言い分に、千幸は腹を括るしかなくなった。

もはや千幸とタマユキは、奥様と使用人というよりも、姉妹のような気の置けない間柄と言っていい。それこそ、本当の双子の姉妹である美恵以上に……だからかタマユキも、こういう場面では遠慮がない。

（ちょっとタマユキさんは、お初にも似ているかもしれないわ）

世話焼きで姉御肌なところがお初を彷彿とさせ、千幸は久方ぶりに会いたくなってしまった。孤独だった名取家で、唯一の味方だったのだ。

懐かしさに浸る間もなく、小さく音を立てて襖が開く。

「失礼する」

「あ……」

入室したミコトもまた、洋装姿であった。長い髪をひとつに束ね、深い紺色のスーツに臙脂《えんじ》のネクタイを締めている。数珠は右手にそのまま つけているが、あまり違和感はない。

普段の印象とはまた異なる、大人の男の高貴さが醸し出されたミコトに、千幸は頬を染めて見惚れてしまった。

（どうしよう、こんな素敵な殿方とこれから帝都を歩くなんて……）

そう……この格好で向かうのは、人間の世界の帝都。千幸が生まれ育った村から、遠く離れた都会である。

千幸は回帰する度に村からも抜け出したいと願い、お初のいる帝都にも憧れてはいた。だけどまさか本当に行ける日が来るだなんて思いもしなかった。まだ夢心地なところに洋装姿のミコトを前にして、脳が沸騰しそうになる。

だが見惚れていたのはミコトの方も同じらしく、ほんのり目尻を緩めて「可愛いな」と零す。

「夏着物も似合っていたが、洋装も新鮮だ。俺の嫁はどんな装いでも可愛くて困ってしまうな」

「そ、それは褒め過ぎです……っ」

沸騰どころか頭が破裂しそうになっていると、パンパンッとタマユキが手を打った。「おふた方ともそのくらいにして、もうお出掛けくださいませ」と、場を仕切ってくれる彼女の存在は有り難い。

「……では千幸、手を」

「し、失礼します」

ミコトが手を差し出す仕草も、さながら紳士が舞踏会などで淑女をエスコートするようだ。千幸はドキドキしながらその手を取った。

玄関まで移動して、揃えてあった黄色い靴を履く。帽子はツバの広い、婦人用の白いものを被った。この帽子はキャプリンというもので、ワンピースと同じ若草色のリボンがついている。

「決して手を離さないようにな」

こくんと千幸が頷くと、寄り添うふたりの周りをふわっと緩やかな風が包んだ。

帝都までもひとっ飛びだというのだから、千幸はいつもミコトの持つ力に慄いてしまう。

「お気を付けていってらっしゃいませ。アカリにもよろしくお伝えください」

玄関の上り框《かまち》に立つタマユキの笑顔を最後に、千幸の視界は暗くなった。

辿り着いたのは、人で溢れる歓楽街。そのうらぶれた路地裏であった。

どうやらミコトが、この人目につかない場所に降り立つよう調整したらしい。

「いきなり俺たちが現れては、人間たちに怪しまれるからな。アカリの店に直接飛んでもよかったが……そこまで観光しながら行こう」

「アカリさんにお土産も買って行きたいですしね」

路地裏から光の差す方向に進んで行けば、残暑の空気が千幸の頬を掠《かす》めた。

青天の太陽は心なしか柔らかい。

（そっか……こっちの世界では、秋が近いのね）

よく考えたら、オロチガネのもとを訪ねてからひと月以上は経っている。

幽世にいると正しい季節感がわからなくなるが、千幸の〝生きて夏を越える〟という望みは存外、もうすぐ叶えられるところまで来ていたようだ。

その事実になんとも言い難い感覚を覚えつつ、路地裏から大通りへと出る。すると様相は一変し、喧騒が波の如く押し寄せて来た。

「すっ、凄い賑わいですね……！」

道を挟んで左右には所狭しと、食事処や芝居小屋、呉服屋や玩具店など、あらゆる建物が並んでいる。その真ん中を、華やかな装いをした多くの人が行き交っていた。様々な文字が躍る看板は目にも楽しく、はためく幟旗《のぼりばた》からも活気が伝わる。

「おーい！　芝居はどうだい？　帝都一の芝居を見ておいきよ！」

「お兄さん、うちで一杯飲んでいかない？　安くするわ」

「あげまんじゅう、出来立てだよ！　今ならおまけするよ！」

客引きも盛んで、あげまんじゅうの香ばしい匂いは食欲をそそられる。千幸は目がぐるぐるして来た。

「つ、ついふらりと、いろんなところに立ち寄りたくなりますね」

「気になったら目星をつけておくといい。土産を買ってアカリの店を訪ねた後は、千幸の行きたいところに何処でも付き合おう」

　ミコトの言葉に甘えて、千幸は周囲を眺めながら歩く。

　その途中で、時折あちこちから熱い視線が向けられているな……と思えば、その集中している先はミコトのようだった。

「ねぇ、ご覧になって！　あの長い髪の殿方、どこぞの名のある紳士かしら？」

「佇まいも洗練されていて素敵よねぇ……私も女学校を卒業して、最高の旦那様を捕まえないと！」

「あちらのような方がお婿さんになるなら、お勉強も頑張りますわ」

「じっと見過ぎたらはしたないかしら」

　……などと姦《かしま》しいのは、海老茶色の袴に革靴、庇髪《ひさしがみ》に大きなリボンを飾ったうら若き少女たちだ。女学生の集団らしく、千幸はここでも都会らしさを感じる。

　他にも、芸者らしき綺麗な女性が「あらまあ、いい男」と科《しな》を作ったり、店先のおばあさんが「俳優顔負けのカッコいい兄ちゃんだねぇ、昔の旦那そっくりだ」と乙女の表情になったり、軒並み女性はミコトに心奪われていた。

　いや、男性ですら一度は振り返っている。

　そこにいるだけで存在感が違うのだろう。

（やっぱりミコト様って、幽世でも人間の世界でも人気者よね……）

　もちろん今は頭に角も出ておらず、完璧に彼は人間に擬態している。

その正体があやかしで、千幸の村では恐れられていた鬼だとは、往来を行く誰ひとり考えもしないだろう。

「急に黙ってどうした？　疲れたなら先に休むか」

「い、いえ！」

当のミコトは熱視線など何処吹く風で、千幸に構い切りなため、千幸も無理やり気にしないよう努めることにした。

以前までなら、そんなミコトの隣にいることにもっと引け目を感じていただろうが……彼の伴侶として、少しでも胸を張っていたかった。

（ん……？　ここって……）

頑張って俯かずに歩いていたら、千幸はどうしてか見覚えのある、こぢんまりとした芝居小屋を見つけた。『佳楽座《けいらくざ》』と描かれた幟旗には、なぜか既視感を抱く。

（おかしいわ……過去にした回帰の中でも、帝都に来たことは確実に一度もない。今が初めてのはずなのに……）

違和感に苛《さいな》まれつつ、もう少し記憶を探ってから、ミコトに話してみようと決める。ズレたキャプリンを直して、ひとまず千幸は歩みを進めることにした。

アカリへの土産の品は、道すがらにあった西洋菓子店が人気のようだったので、そこで焼き菓子の詰め合わせを選んだ。香ばしい匂いに溢れた店内には、千幸たちと同じ洋装の客もいた。

最初に幽世で目覚めた時より、まるで別世界に来たようで、千幸はそわそわしっ放しだった。焼き菓子は自分たちの分も購入して、大切に紙袋を抱える。

「タマユキに翁、オロチガネにオタキ、セイキチ一家の分……ずいぶんと増えたな。重いだろう？　持つぞ」

「このくらいなら持てますので……！」

格好も相まってか、いつも以上に紳士的な振る舞いのミコトに、千幸のときめきはなかなか収まらない。

（……ミコト様ったら、ご自分の魅力が持つ威力を理解されていないわ）

そうこうしているうちに、アカリの営む洋装店に着く。

大通りから少し外れたところにはあるが、ショーウィンドウに洒落たワンピースや珍しい釦《ボタン》付きのブラウスなどが展示されており、贈り物だろう祝い花も入口に飾られ、新装開店らしい装いで人目を確実に引いていた。

西洋の文化を大いに取り入れた異国情緒溢れる店構えに、千幸はほう……と感嘆の息を吐く。

「まあああっ！　よくいらしてくださいました、ミコト様にお嫁様！　光栄ですわ！」

入口で出迎えてくれたアカリは、垢抜《あかぬ》けていて陽気な雰囲気の女性だった。

ツリ目が特徴的で、年の頃はタマユキと同じくらいだろうか。短く切り揃えた髪にクロッシェ帽を合わせ、ゆったりしたシャツに大胆な花柄の短いスカートを穿《は》いている。顔には口紅や頬紅を入れて、長く眉を引いた最先端の化粧が施されていた。

「は、初めまして。私は千幸と……」

「ああっ、なんて可愛らしい御方！　お話は中で致しましょう！　ちょうど今、お客様が帰ったところですから！」

アカリの勢いに呑まれ、千幸たちは強引に店内へと引き摺り込まれた。ミコトは「相変わらずだな」と苦笑していることから、いつもこの調子らしい。

中は洋服がずらりと並び、天井からは燭台風の照明が淡いオレンジの光を放っていた。服の他にも、アカリがつけているようなレエスの手袋や帽子、バッグなども棚に並んでおり、小物類も取り扱っているようだ。

「わたくしの正体はお嫁様もご存じでしょうし、失礼致しますわね」

そう言ってアカリがクロッシェ帽を取ると、茶色くてふわふわな三角の耳が、ぴょこんと頭上から飛び出した。

その獣耳を目にして、千幸は彼女が化け狐であることを思い出す。

ミコトもそうだが、人間への擬態が完璧過ぎて忘れがちだ。

「ミコト様のお角のように、尻尾と一緒に消せなくもないのですけどね。帽子で隠す方が楽なのですわ」

「あの……不躾《ぶしつけ》を承知で、ひとつお聞きしてもよろしいでしょうか？」

「なんなりと」

千幸はどうしてもずっと気になっていたことを、慎重に言葉を選びながら質問してみる。

「その、人間の世界であやかしであることを隠しながら、お店をされるというのは本当に大変なことだと思うのです。アカリさんがそこまでして、頑張っていらっしゃる理由を伺いたくて……」

幽世でも呉服店を営んでいるのなら、危険を冒してまで人間の世界で活動する意味はなにか。

帝都には力の強い祓除師だって多い。その中でも、堕ち妖かそうでないかまで判断して祓う者ならばよいが、大半はあやかしだとわかれば、即座に攻撃して来る者ばかりだろう。

いつ正体がバレて、アカリの身も危険になるかわからないのだ。

「理由でございますか？　私がやりたいからですわ」

「や、やりたいから……？」

答えはなんとも端的で、どこまでも単純なものだった。

目をパチクリする千幸の両肩に、レエスの手袋がついた手がそっと置かれる。

「人間はわたくしたちあやかしよりも、様々なしがらみに囚われている気が致します。ですが本来、意志ある者は等しく自由なのです」

「自由……」

「お嫁様はご実家で不自由な生活を長年強いられ、辛い日々をお過ごしになったとタマユキから聞きました」

それはその通りであり、名取家にいた千幸は己の境遇に疲れ、嘆き、心をすり減らしていた。

現在だって死の運命からは完全に逃れたわけではなく、夢見た秋を目前にまだ死ぬ可能性があることに、密かに怯えている。

先ほど秋の気配を感じて、覚えたなんとも言い難い感覚……それは目標を達成出来るかもしれないという期待と、期待がここに来て裏切られることへの恐れが、綯い交ぜに湧いたものだった。

九回も繰り返された死の苦痛が、まだ千幸をしつこく蝕《むしば》んでいるのだ。

（ミコト様のおかげで自由を手にして、幸せな日々を送っている分……次に振り出しに戻ったら私は……）

以前にも千幸は、ミコトの存在そのものを奇跡だと思った。

暗闇から助け出してくれた彼と夫婦になれて、一生を捧げられる恋をした。こんなに温かい愛情があるのだと知れた。

それが次に死んで、十回目の回帰でミコトに会えなかったら……、今度こそ打ちのめされてしまうだろう。

日に日にミコトが大切な存在になっていく分、失うことへの恐怖も増してしまったのだ。

そんな千幸の根深い不安感を、アカリは見抜いたのか。

諭すように彼女は続ける。

「希望を捨てずに、お嫁様は足掻いて来られたのでしょう。その先に自由を掴んだのなら、私みたいに己の心が赴くがまま、信じて行動すればよろしいのです。貴女《あなた》の隣にはミコト様もいらっしゃるのですから、なにも恐れることはございませんわ」

千幸の隣で、ミコトもアカリに同意するようにひとつ頷いた。

不安を包み込むように溶かされて、千幸は「ありがとうございます、アカリさん」と頭を垂れる。

「不躾な質問をしましたのに、私のことまで気遣ってくださり……」

「私は私の考えをお伝えしただけですわ。お嫁様こそ、私が人間社会にいることを案じてくださったのね」

「よ、余計なお世話でしたよね？　すみません！」

「いえいえ！　お可愛いらしいだけでなく、心根からお優しい方だとわかりましたわ！」

むぎゅっとアカリに抱きつかれ、すりすりと頬擦りをされる。

それは獣が懐くような、狐っぽい仕草でもあった。大人の女性を思わせる香水の匂いに、千幸はドギマギしてしまう。

「アカリ、ほどほどに解放してやれ」

「残念！　旦那様の制止が入ってしまいましたわ」

なかなかアカリが千幸を離さないため、ミコトが助け船を出してくれた。

彼もまた、千幸が秋の気配を感じ取ると同時に抱いた不安感を、ちゃんと察していたに違いない。それでもあえて触れず、千幸が帝都の街を楽しめるように見守ってくれていたのだろう。

そのことに、千幸は今になって気付いた。

(己の心が赴くがままに、信じて……私は今度こそ運命を変えてみせる)

花火の夜、口付けと共にミコトとは、一緒にすべて乗り越える約束をした。アカリのくれた言葉を胸に、約束を果たすためにも気を引き締める。

「長々と立ち話を失礼致しました。出来たらもっと、千幸様とはゆっくりお話ししたいですわ」

「私も話せたら……あっ！　こ、これ！　渡し損ねておりましたが、お土産のお菓子です」

「あら！　わたくし、ここの焼き菓子は大好きですのよ！」

満を持して千幸がお土産の焼き菓子をアカリに渡すと、なぜかその流れでお茶をすることになった。

わざわざ店を閉めた状態にして、奥の休憩室へ移動する。

そこでほろりと崩れる甘いマダレームを皿に載せ、ティーカップでどろりとした黒い飲み物を頂いた。千幸には初見の黒い飲み物は、珈琲というらしい。

「に、苦っ……!?」

「あら！　お口に合わなかったかしら」

珈琲のあまりの苦さに咽《むせ》る千幸に、アカリは「お紅茶の方にするべきだったわね」と申し訳なさそうにしている。紅茶も千幸にとっては未知の飲み物だ。

帝都ではカフェーという店がたいそうな人気で、そこではどちらも普通に飲まれているという。

「苦手なものは仕方がないな」

対してミコトは優雅に口をつけており、繊細な意匠のティーカップを傾ける所作も様になっていた。

千幸は尊敬の眼差しで見つつも、ちょっとだけ肩を落とす。

「田舎者で子供の私には早かったかもしれません……」

「そんなことはない。砂糖を入れて飲んでみるといい」

「お砂糖ですか？」

ミコトの助言に則ってみると、千幸でも珈琲をちゃんと味わえた。

せっかくアカリが淹《い》れてくれた一杯を残すのは忍びなかったので、飲み干せて彼に感謝する。

「それでそれで、求婚はどちらから？　出会いのきっかけは？」

平和にお茶会を進めながらも、千幸はアカリに根掘り葉掘りミコトとの馴れ初めを尋ねられた。

実の家族によって生贄に捧げられたことまでは、タマユキは話していなかったようで、アカリは「なんて酷い！」と憤慨していた。

お茶会は喋り通しながらも、充実した時間だった。しかし、千幸の受難はその後で訪れる。

急になんらかのスイッチが入ったのか、アカリが嬉々《きき》として千幸を店内に連れ込み、着せ替え人形にし始めたのだ。

「どうでしょう、履き心地は？　こちらのブーツは女学生に人気ですの！」

「ピ、ピッタリですが、あの……」

「贈ったワンピースは少々丈が長かったかしら？　千幸様は足がすらりとしてお綺麗ですから、もっと積極的に見せていくべきですわ！」

「こ、これ以上短いのは……！」

「色も地味過ぎたかもしれません。流行色はどんどん取り入れていきましょう！」

「ア、アカリさんそろそろ……」

「ああっ！　どんどん着せ替えたくなってしまいますわ！」

あれもこれもと次々勧めて来るアカリに、タマユキが「暴走しやすい性格が玉に瑕ですけれどね」と苦笑していた意味を、千幸はやっと理解した。押しに弱い千幸には止められそうにない。

またもミコトが、さり気なく助け船を出してくれるのを待つも……。

「千幸にはこちらの方が似合うのではないか？」

「さすがミコト様！　わかっていらっしゃいますわ！」

……なんと、ミコトまで参戦する始末。どうやら嫁のいろいろな姿を見られることに、味を占めたらしい。

いよいよアカリを止めることは誰も出来なくなった。

（ミコト様ってば……！）

彼女が満足するまで、優に一時間は経過した。

「はあ……贅沢な時間でしたわ。ご協力頂き感謝致します、お嫁様！」

「アカリさんが満足されたなら……よかったです……」

ほくほくした顔のアカリに反し、たくさんの服に埋もれていた千幸はぐったりしている。

一歩離れたところでは、うっかりアカリに乗ってしまったミコトが「すまないな」と反省していた。

（ミ、ミコト様に可愛いとたくさん褒めて頂いたのは……お世辞でも嬉しかったのだけれど）

そんなふうに頬を染める千幸に、ご満悦のアカリはスカートから取り出した二枚の券を差し出した。

「こちらは……？」

「活動写真館の入場券ですわ！」

にっこりと、アカリは真紅に塗られた唇を持ち上げる。

「御礼と言ってはなんですがこの後、ご夫婦で是非とも観に行ってくださいませ！

わたくしの弟が活動弁士として壇上に立ちますの！」

活動写真とは白黒の無声映画のことで、上映中にその内容を横で解説する者を活動弁士という。

解説は重要な役どころであり、如何《いか》に物語を巧みに語るかでお客の評価は変わる。達者な活動弁士は大スタアにだってなれるのだ。

「アカリさんの弟ということは……その活動弁士さんも、化け狐なのですか？」

「ええ、人間への変化は私より達者なくらいですわ。わたくしの影響で、自由にやりたいことをして生きている自慢の弟ですの。身内の贔屓目《ひいきめ》なしに、美声と卓越した話芸を極めておりますのよ！」

姉より目立つ仕事を人間に混じってしているなんてと、千幸はますますアカリたちの度胸に感心した。

自分に足りないのは、この思い切りのよさかもしれない。

「活動写真か……俺も観たことはないな、行くか？」

「ぜ、ぜひっ！」

ミコトも未体験だと聞いて、千幸は前のめりで返事をした。

ふたりで体験出来ることが嬉しかった。

有難く券を受け取って、千幸たちはアカリに別れを告げる。「タマユキにもよろしく伝えくださいませ」と、友人同士で同じことを言い添えているのが、仲良しな証《あかし》のようで千幸は微笑ましくなった。

活動写真館はアカリの店から徒歩で五分ほどのところにあり、列が出来て大賑わいを見せていた。

そこそこ大きな活動小屋はすでに満員御礼のようで、案内人だろう男性が「本日の入場券は完売致しました！」と声を張り上げている。

「先に弟さんにご挨拶を……と思いましたが、会うのは難しそうですね」

「もう上映時間も迫っているからな」

「と、とりあえず並びましょうか」

千幸たちは列の後ろにつき、アカリからもらった券で中に入った。客席はすし詰め状態で、後ろの方まで立ち見客で埋まっている。

アカリがくれた券は上客用だったようで、千幸たちは桟敷席《さじきせき》と呼ばれる、劇場の両側に一段高く設置された席に座れた。ここは富裕層と関係者が主で、千幸たちは関係者の方に当たるのだろう。

千幸はキャプリンを膝に置いて、小屋の中を見回す。

「活動写真とは、こんなに盛況なものなのですね……。帝都にはいろんな娯楽があるのに、とりわけ人気なのでしょうか」

「どうやらアカリの弟が、想定よりもはるかに人気な活動弁士らしいな。集客力があるようだ」

隣同士で千幸とミコトが囁き合ううちに、その噂の弟が舞台上に現れる。

舞台は中央に活動写真を流す銀幕、下手に木製の卓が置かれ、卓の上には活動弁士が読み上げる台本が広げられていた。

割れんばかりの歓声を浴びて登場したスーツ姿の青年は、アカリにそっくりだった。アカリを男性にしたらそのままこうなるだろう。シルクハットで頭を隠しているが、取れば狐耳が飛び出すかもしれない。

「お集まりの皆々様に本日ご高覧賜りますは、とある武士の一生を描いた物語。解説はわたくし、ヒカリがお送りします。どうぞ最後までご清聴ください」

お決まりらしい口上をアカリの弟が述べれば、銀幕に映像が流れ出す。楽士たちも演奏を始めた。

内容は武士の物語ということで、派手な殺陣《たて》のシーンが多く、千幸は手に汗握ってのめり込んでしまった。

映像は迫力満点で、そこにアカリの弟が臨場感たっぷりの語りを上乗せしていく。大袈裟な身振り手振りは観客を沸かせ、物語の締め括りに武士が戦いの末に亡くなるところでは、涙を流して洟《はな》を啜《すす》る者がほとんどだった。

千幸もいたく感動して、パチパチと拍手を送る。

隣のミコトも堪能したようだ。

「なかなかに面白かったな。アカリの弟も堂々たるものだった」

「はい！　世の中にはこんなに、心震わせる娯楽もあるのですね！」

村を抜け出してから経験したことは、すべて千幸の宝物だ。

いつか、死へと繋がる過酷な記憶が、宝物で塗り替えられたらいいのにと思ってしまう。

「それにしても、本当に弟さんは素晴らしかったです。物語への造詣《ぞうけい》も深いのでしょうね。表現力にすっかり魅了されてしまいました」

活動小屋を出ても興奮さめやらぬ千幸は、通りを当てもなくぶらりと歩きながらも、アカリの弟を有りっ丈の語彙《ごい》で讃える。活動弁士は人気の取り合いだそうだが、彼にたくさんのファンがついているのには納得だった。

「初回の活動写真で、彼に当たってよかったです。私もファンになったので、また観に行きたいなと……」

讃えても讃え切れない千幸が口を動かし続けていると、途中でふと気が付いた。心なしか、ミコトがムスッとした表情になっている。

「な、なんだか不機嫌になることがありましたか？」

自分が粗相をしてしまったのかと焦る千幸に、ミコトは「ああ、違う。悪いな」と、前髪を片手でぐしゃりと乱す。

「千幸が他の男に夢中なことに……嫉妬した。お前は自分が珈琲を飲めない子供だと言ったが、俺の方が長生きしているわりには子供だな」

「しっと……？　えっ」

決まりが悪そうなミコトの端正な顔を、まじまじと見つめる。

ぶわっと、次いで千幸は己の体中に、血が一気に巡る感覚がした。

（それってヤキモチ、よね？　ミコト様がヤキモチを……！）

もちろん千幸が、アカリの弟を絶賛したことに他意はなく、純粋に活動弁士としての彼を評価したに過ぎない。

それはミコトも理解しているだろうに、嫁が旦那以外の男に目移りしていることを不服だと示す彼が、千幸はなんだかとても愛しくなってしまった。

（可愛いって、ミコト様に思うのは失礼なのかな）

殿方に伝えていいことかはわからない。

だけど常に隙がない彼の、それこそ子供らしい一面を見られて、千幸は得した気分だった。

ゴホンッと、ミコトはわざとらしく咳払《せきばら》いをする。彼は誤魔化すように、懐中時計を胸ポケットから取り出した。

「……この後はどうするか。幽世に戻るには、まだ些か早いか」

銀の鎖がついた懐中時計は高貴さを演出していて、紳士な彼の佇まいに華を添えている。

もう気を取り直したミコトは、時間を見つつ「腹は空いていないか？」と千幸に尋ねた。

「えっと……す、少しだけ」

「昼は焼き菓子しか食べていないからな。休憩がてら何処かで食事を取るか」

ミコトは懐中時計を仕舞い、長い指を折ってなにを食べるか候補を出していく。

アカリがお茶会中に行きつけだと話していたカフェーのカレーや、高級だという鰻屋のどんぶり、気軽に食べられる屋台のうどんなどを挙げられて、千幸のお腹はぐうっと鳴りそうになる。

「その中ですと、どれも気になりますが……」

「全部回ってもいいぞ？」

「さ、さすがに食べ切れないです！　カフェーのカレーにします」

悩みに悩んで、千幸はアカリのオススメを選んだ。

カフェーについても、気まぐれで帝都に遊びに行っていた美恵が「お姉様には一生縁のない素敵な場所よ」と自慢していて、密かに憧れていたのだ。

「カフェーだな。アカリから聞いた場所だと、少し来た道を戻ることになるが……っ！」

そこでピタリと、ミコトは往来の真ん中で足を止めた。

「ミコト様……？」

「この気配、まさか……」

急に険しい顔付きになり、周囲を黄金の瞳でぐるりと見渡して、ミコトは一瞬だけ押し黙った。

そして懐から、赤い組み紐が結ばれた巻物のようなものを取り出す。

「それは？」

「……実は今朝、俺が着替えている最中に翁が来てな。すべての調査が完了したと、この巻物を寄越して来た」

「え……っ！」

さすがに往来の真ん中でこれ以上立ち止まるわけにもいかず、千幸たちは閉まっている甘味処の軒下へと移動した。

千幸はミコトから巻物を預かる。彼はすでに一読したようだ。

「関係のないアカリにまで話す必要はない故、千幸にはいつ報せるか機をうかがっていた。このような場で知る内容でもないが……読んでくれた方が早い」

「は、拝見します」

しゅるりと巻物の紐を解けば、達筆な字が躍っていた。

千幸は素早く目で追っていく。

要約すると、翁は人間の世界にまで赴き、天狗眼で美恵の魂を見た。するとわかったことは、やはりミコトの推測通り、美恵の中にある浄化の力はもともと千幸のものであること。

そして美恵には〝簒奪《さんだつ》〟という、他者の力を奪う能力があるということだ。

千幸の回帰の能力とはまた、まったく異なる能力だ。その詳細はこれ以上、翁の天狗眼でも見通せなかったという。

「簒奪……」

(本当に美恵は、私の浄化の力を……その簒奪の能力で……)

怒りとも悲しみともつかない複雑な感情が、千幸の胸中で渦巻く。ただある程度は予想していた分、衝撃は最小限で受け止められた。

それよりも巻物に記された調査報告には、まだ続きがあった。

オロチガネの遣いが感じたという、邪悪な堕ち妖の気配……そちらの正体はまだ調査中ではあるが、同じ気配が美恵の周りに漂っていたというのだ。

「ど、どういうことでしょう？　美恵がその堕ち妖と戦った、とか……？」

「そんな単純な話ではなさそうだ。先ほど俺は、かなり強力で邪悪な堕ち妖の気配を感じ取った」

「堕ち妖の……!?」

オロチガネの遣いが感じたもの、美恵の周りに漂っていたもの。それらと恐らく、ミコトが感じ取ったというものはすべて同一だ。

その堕ち妖が今、帝都にいるというのか。

「これは、杞憂だといいが……過去に覚えのあるものにも近い」

「ミコト様に覚えがあるというと……」

千幸はふと、ミコトの首裏辺りに目を遣った。悪鬼につけられたという火傷痕は白シャツの下だ。

（そ、そんなわけがないわよね？　あれは百年も前の話だし、封印されたとおっしゃっていたもの）

一気に様々な情報が流れ込んで来て困惑する千幸の髪を、ミコトは労わるようにさらりと梳く。

「なんにせよ、この堕ち妖は放っておいたら危険だ。気配を追って確かめて来るつもりだが、千幸は先にカフェーに行っていてくれないか？」

を返した。
千幸は「くれぐれもご無理はなさらないでくださいね」と、祈るように告げて巻物
にした。余計な駄々を捏ねて、足を引っ張るような真似をするわけにもいかない。
本心ではミコトについて行きたかったけれど、千幸はミコトの言う通りにすること
「か、かしこまりました」

フッとミコトは口角を緩める。
「ああ、すぐに戻る」
ひとつに結わえられたミコトの長い髪が、左右に振れて遠ざかる。その様を見送っ
てから、千幸も頭を切り替えることにする。あれこれ自分がどれだけ悩もうと、ミコ
トの帰りを待つ他ない。
美恵のこともいったん頭の片隅に追いやり、ひとりでカフェーを目指した。
「あ……緑色の看板、あれかしら」
来た道を戻って行くと、それらしい立て看板を発見する。深緑の地に白文字で『カ
フェー・ロイヤル』と店名が躍っていた。外観はレンガ風で可愛らしいが、大通りの
賑やかさに紛れるようにひっそりと建っている。
アカリの店に入った時のように気後れしつつ、千幸は入店した。
カランカランと小気味よく、ドアベルが鳴る。

（カフェーってこんな感じなんだ……）

中は外観通りあまり広さはなく、壁はシックな濃色で、絨毯は看板と同じ深緑。天井の照明はアカリの店にもあったのと同じく燭台を模したもので、帝都では流行りのデザインなのか。中央に置かれた蓄音機からは明るい曲調の唄が鳴っている。

全体的に大人びていて落ち着けそうな雰囲気だ。幸い、千幸の洋装姿は空間には合っていた。

席はカウンターに三つ、テーブルが四つ。客は別々の席にひとりずつ、計ふたりしかいない。

書生風の青年はカウンターで、ティーカップを片手に黙々と文庫本を読んでいる。顎に髭を蓄えた老紳士は蓄音機横の席で、ビーフシチューを少しずつスプーンで口に運んでいた。

（お客さんが少ないのは穴場だから……？　ここでなら、ミコト様をひとりで待っていても気まずくないかも）

ちょっとだけホッとしていると、千幸の存在に気付いた女給がお盆を携えてやって来た。今の時間、フロアの給仕担当は彼女だけらしい。

千幸と同い年くらいの小柄な少女で、お団子頭に薄桃色の着物を纏い、その上からフリルがあしらわれたエプロンを身につけている。歩く度にふわふわと花弁が舞うようだ。

「いらっしゃいませ。おひとり様ですか？」

「いえ……後から連れがもうひとり来ます」

「ではお席へご案内しますね。ご注文も先にお願い致します」

愛想のいい女給に連れて行かれたのは、先ほどの通りに面した窓際の席だ。ナラ材製のラウンドテーブルと椅子は手触りがいい。

四角い窓からは外の様子がうかがえて、ミコトが来たらいち早く見つけられそうで有り難かった。

「メニューはこちらです」

女給は親切なのか、単に仕事がなくて暇なのか、わざわざ千幸の前にふたつ折りのメニュー表を置いて広げてくれる。

サンドウィッチやローストチキンといった千幸の見慣れない料理から、アカリのところで飲んだ珈琲や紅茶などの飲み物、あん蜜やアイスクリンなどのデザートまで、種類も豊富に載っていた。

お目当てのカレーもあり、当店イチ押しメニューと書き添えてある。

「では、カレーと紅茶……このシベリアというのはなんでしょうか？」

「あんこをカステラで挟んだお菓子です。甘味好きな方はよく頼まれますよ」

女給に教えてもらい、千幸は迷ったがシベリアは注文せずにおいた。焼き菓子がまだ胃に残っているのに、また甘味を追加しては太ってしまう。

（ミコト様やタマユキさんは、もっと食べて太れとおっしゃるけど……）

お腹がぽっこりして来ると気になるのは、乙女心として仕方ない。

「カレーは準備にお時間頂きますが、よろしいでしょうか？」

「はい、大丈夫です」

逆にゆっくりミコトを待てて好都合だ。

女給が去った後に、千幸はふう……と一息つく。

ミコトが無傷でちゃんと戻って来てくれるのか心配で、焦燥感を隠せず窓の外を眺めた。

（あれ？　あの幟旗……）

ここで千幸はふと、このカフェーと道を挟んで向かい側が、アカリの店に行く道中で目に留めた芝居小屋なことに気付いた。カフェーに着いた時は見過ごしていたらしい。

ちらほらと人が出入りしており、営業中で客入りもそこそこなようだ。

やはり『佳楽座』と描かれた幟旗には、覚えがある。

（これは何度目の回帰の記憶……？　でも帝都に来たことはないし、あの芝居小屋はどこで見たのかしら……)

ガタリと、千幸の斜め後ろでビーフシチューを食べていた老紳士が、ステッキと財布を持って立ち上がる。完食してお会計のようだ。

老紳士は何事もなく、千幸の横を通り過ぎて行った。彼は小脇に丸めた新聞も抱えており、それを見た瞬間に千幸は閃《ひらめ》く。

(そうだわ、新聞……!)

佳楽座の芝居小屋を千幸が見たのは、七回目の回帰の時。それも新聞を通して目にしたのだ。

たまたま名取の家で、当主の耕太郎は帝都の新聞を広げていた。帝都から村に来ていた仕事関係の者にもらったようだが、目を通して要らなくなると、「捨てておけ」と千幸に押し付けた。

世情に疎《うと》い千幸は、滅多に触れられない情報媒体を惜しみ、捨てずにこっそり隠して読んだのだ。

(隅々まで読み込んだから覚えてる……あの新聞、発行日は明日だわ)

今と同じで、夏を越えられるかもしれないと期待するような、秋の香りがする日だった。

新聞には前日……つまり〝今日〟、帝都で起こった悲惨な事件の内容が、一面を飾っていた。佳楽座の芝居小屋が火事に見舞われたのだ。

（客の煙草の火が燃え移ったのが原因で、ほぼ全焼……）

燃える前の芝居小屋の写真が、新聞にはご丁寧に掲載されていた。

（火災発生時刻は午後で……待って、もうすぐよね？　なにより火事のせいで……）

芝居を観に来ていた幼い女の子がひとり、逃げ遅れて亡くなっている。

千幸はゾッとして立ち上がった。

（今ならまだ、食い止められるかもしれない！）

居ても立ってもいられず、カフェーの入口へと走る。だが先ほどの女給が、老紳士のお会計を終えたところでそこにいて、「お客様、どうされました？」と訝《いぶか》し気に千幸に声を掛けた。

千幸は足止めを食らってしまう。

「し、しばし席を立ちますが、必ず戻りますので……っ」

「お席を？　先に紅茶をお運びするつもりでしたが、いかが致しましょうか？」

「き、気にせず運んでもらったら……！」

千幸がもたついている間に、事態は急変してしまう。

「――火事だ！　おい、火事だぞ！」

大通りから怒号が聞こえた。

女給も緊急事態に気付いたようで、千幸と連れ立って急いで外へ出る。

「きゃあっ！」

燃え盛る炎を前に、女給が悲鳴を上げた。

千幸がカフェーにいる間に、すでに火は回り始めており、目を離した隙に一気に燃え広がったようだ。

大通りの人々も慄き、野次馬も集まって来ている。消防組はまだ到着していない。

「は、離してください！　まだ中に娘が残っているんです！」

髪や着物を乱したご婦人が、叫んで燃える炎の中に飛び込もうとしている。それを周囲の人がこぞって止めていた。

「無理だ！　あんたまで共倒れになるぞ！」

「でもっ、でも……！」

半狂乱になって「菊子《きくこ》！　菊子！」と娘の名前を連呼するご婦人。

母として自分の命よりも、我が子を助けたい切実な想いが伝わって来る。

千幸は即座に、彼女の娘こそが、新聞で訃報が載っていた女の子だと悟った。このままだと娘が助からないことは確定した未来となる。

（私がもっと早く記憶を思い出していれば……っ）

後悔しても仕方がない。

なんとか救出する方法はないのか。

もはや他人事とは切り捨てられず、千幸は必死に考える。回帰を繰り返していたことに意味があるなら、親子の悲しい運命を自分が変えたかった。

（なにか、なにか……！）

ポウッと、そこでスカートのポケットが青白く光った。千幸の願いに呼応するような光の元は、オロチガネからもらった鱗だ。

ミコトに肌身離さず持ち歩くよう言われたため、千幸はワンピースにもしっかり忍ばせていたのだった。

「この鱗って、確か……」

取り出して手の平に置けば、青い輝きは増す。

〝大蛇の鱗〟は水を司る御守り。ミコト曰く、願えば雨をも降らせ、清水を湧かせることも出来るという。

（どんな形で作用するかはわからないけど、この火を消すには水……お願い！）

鱗を手の平に握り込んで、強く祈る。

すると晴天だった空に、たちまち灰色の雲が立ち込めた。湿気が辺りを覆い、間髪容《い》れずにポツポツと雨が降り出す。

「おおっ！　雨だ！」

誰かが歓声を上げるも、一度建物に燃え広がった火はそう簡単には消えない。ただ通り雨でも、火の勢いを弱めることは出来るだろう。

冷たい雨水を受けながら、千幸は自分の体が鱗の発する青い光に包まれていくのを感じていた。この光は普通の人間には見えないようだ。

(己の心が赴くがままに、信じて……よし)

そして覚悟を決めて、赤々とうねる火のもとへ走った。燃える芝居小屋に入って行こうとする千幸に、人々がざわめく。

「なにしてるんだ、嬢ちゃん!? やめろ!」

「おい、誰かあの子を止めるんだ!」

「危ないわ!」

「焼けるか煙で死んじまうぞ!」

──〝死〟。

何度死んだって、千幸がその恐怖に慣れることはなかった。

加えて次の回帰で、幸せな現状を奪われて振り出しに戻るかもしれないことに、千幸はアカリに諭されるまで怯えていた。普通の人が漠然と怖がる死とは、千幸の場合は意味が異なるのだ。

それでも今この時は、ここで死ぬ可能性よりも、運命を変えられる可能性に賭けたかった。

「熱くない……煙も平気……」

炎に包まれた芝居小屋の中で、青白い光は千幸を守ってくれていた。火の熱さも感じなければ、黒い煙を吸い込むこともない。服が燃えることもなかった。

(この鱗って、本当に凄い力を秘めていたのね……)

手から決して鱗を落とさないように握り直して、オロチガネに改めて感謝する。

ミコトがいない今、これだけが命綱だ。

「菊子ちゃん！　助けに来たわ、どこにいるの!?」

女の子の名前を呼びながら、急ぎ足で客席の方から見て行く。

鱗の効果がいつまで続くのかは未知数であり、さすがに柱が焼け落ちて瓦礫《がれき》の下敷きにでもなれば、ひと溜まりもないだろう。迅速に菊子を探し出し、ここから撤退しなくてはいけない。

「……見つけたっ！」

そして千幸は、舞台の傍で倒れている女の子を発見した。まだ五歳くらいだろうか、おかっぱ頭に明るい菜の花色の着物を着ている。

「菊子ちゃん、しっかりして！」

「んん……」

傍に行って声を掛ければ、辛うじて意識はあった。上げた顔は丸い頬が煤《すす》で汚れ、唇はカサついている。

菊子は緩慢な動きで瞼を上げると、舌足らずに口を開く。

「おねえちゃん、だあれ……？」

「私は貴女を助けに来たの。もう平気よ、お母さんのもとに帰りましょう」

「おかあさん……あいたい」

「……うん、頑張ろう。立てる？」

こくんと頷く菊子の幼い体を、千幸は支える。

一歩一歩、注意深く外を目指した。

千幸が触れているおかげか、鱗の力は菊子にも働いた。青白い光はふたりを保護してくれ、なんとか脱出することに成功する。

「ああっ！　菊子！」

「おかあさん……っ」

母親の女性は、菊子の姿を見るなり駆け寄って抱き締めた。菊子も母親の胸にすがりつく。

ようやく到着した消防組は消火作業に入るところで、千幸が助けなければまさしく手遅れだっただろう。

雨が降る中での親子の奇跡的な対面に、周囲の人々はよかった一安心だと歓喜している。いつの間にか傘を広げた野次馬も増えていた。

その傘の合間を縫うように、千幸はひっそり場を離れることにした。

「ん？　肝心の……救助に入った方のあの子は何処にいったんだい？」

「緑っぽいワンピースを着た細身の子よね？　勇気を持って火の中に飛び込んだのは彼女なのに」

「大人しそうな嬢ちゃんだったが、とんでもない度胸だったよな！」

「おかしいな、集団で幻でも見たのかね」

救世主とも呼べる活躍をした千幸を、人々はきょろきょろと探るも、当の千幸は近くの路地裏に身を潜めた後だ。

どさくさに紛れていたうちはよかったが、あれだけの炎に晒されていたのに服の端すら燃えず、無傷なことがわかったら怪しまれるだろう。ここで変に目立つのは得策ではない。

（大蛇の鱗は……もう、役目を終えたのね）

鱗の効果は救出が成功した時点でちょうど切れ、今は千幸の手の中で黒い砂と化している。それをサラサラと地面に落とした。

今度オロチガネに会うことがあれば、おかげで人間の命がひとつ救えたことを報告にもするはずだ。

したいと思う。人間嫌いを称すオロチガネは複雑な顔をしそうだが、きっと誇らし気

（でも、ここからどうやってミコト様と合流しよう……）

雨に濡れた姿で、カフェーに戻るわけにもいかない。

もしミコトがもう来ていたら、火事現場にいる千幸に確実に気付いてくれるはずな

ので、彼はまだ邪悪な堕ち妖相手に戦っているのだとわかる。

（本当に、本当に大丈夫よね……？）

最強の鬼であるミコトに限って、滅多なことはないと信じてはいる。土蜘蛛の時

だって楽々と勝利を収めていたはずだ。

そう信じてはいるのだが、存外時間が掛かっていることに、千幸の心配はどんどん

煽《あお》られていく。

（……アカリさんのお店へ行きましょう）

あれこれ最良の行動を考えて、アカリに助けを求めることに決める。

迷惑を掛けて申し訳ないが、服も着替えさせてもらえる上、ミコトとの連絡手段

だって彼女ならなんとかしてくれそうだ。

カフェーに置いて来た帽子や財布などは、後ほど取りに行くことにする。千幸がいな

い間に、注文したものが席に運ばれるかもしれないが……カフェーからは女給のみな

らず、オーナーや調理担当らしき人までも、火事騒ぎを聞きつけて外に出ている様子だった。

自分が働く職場の目の前であんな大火が起こっては、店のことを放り出しても仕方ないだろう。

とにかくアカリを頼り、それからカフェーに戻る。なによりミコトの安否を早く知ることが最優先だ。

（名取家にいた頃の私なら、誰かを頼るって発想も出来なかっただろうな）

頼ることは、悪いことではないのだ。

千幸はひとりで抱え込みがちだとミコトが指摘してくれたから、なにより「俺を頼れ」といつも促してくれるから、千幸も他者に寄り掛かることを覚えられた。

（そうと決まれば……）

消防組の消火作業は順調に進んでおり、人混みも減って来た。鱗の力で呼んだ雨雲は徐々に晴れ、雨もやんでいる。

タイミングを見計らって、そうっと路地裏を出た時だった。

「あ、あの！」

後ろから話し掛けられ、千幸の心臓が跳ねる。

無視を貫けばよかったものの、咄嗟に振り向いてしまった。するとそこに立っていたのは、菊子の母親だった。

「貴女様ですよね？　うちの娘を助けてくださったのは……！」

「い、いえ、私は……」

「騒ぎ立てられたくないとのことでしたら、もちろん騒ぎません。ただ娘の命の恩人に、お礼だけでもお伝えしたくて……」

菊子が傍にいないのは、大事を取って治療を受けているためのようだ。

深々と頭を下げる母親に、千幸はどうしたものかと迷ったが、多くは語らず「娘さんが無事でよかったです」と微笑んだ。

オロチガネの鱗の力による功績であり、恩着せがましいことを言うつもりはない。

それだけで立ち去るつもりだった。

だけど顔を上げた母親は、千幸を真正面から捉えて目を見開いている。

「千幸お嬢様……？」

「え……」

千幸もまた目を見開いた。

そんなふうに千幸のことを呼ぶ相手は、ひとりしかいない。

「――お初？」

ここでしっかりと、彼女の姿を確認する。

乱れてはいるものの、夜会巻きにして鼈甲《べっこう》の簪を挿した髪は、薄っすら赤茶がかっている。異国の人のような珍しい髪色だが、生まれつきなのだと昔、千幸はお初本人から聞いた。

鳩羽色の地の着物は菊柄で、お初が好んでいた花だ。菊子の名前はそこからつけられたのだろう。

なにより、ちゃんと顔を見ればわかる。

十年近く経ってはいるが、幼少期の千幸の世話を笑顔で焼いてくれていた、人好きのする面影を残したままだ。

(本当にお初なのだわ……！)

じわりと、千幸の目尻に涙が浮かぶ。

ずっと会いたかったのだ。

「まさかこんな……！　千幸お嬢様とまたお会い出来るなんて！」

「私も、私も驚いたわっ」

手を取り合って、菊子の母親……お初と再会を喜び合う。お初もまた瞳を潤ませていた。

「千幸お嬢様が娘の命の恩人だなんて、運命とはなんと数奇なものでしょう。ずいぶんとお綺麗になられましたが、お初にはちゃんとわかりましたよ。私が名取家での奉公を辞めた後、どうされているかずっと気掛かりだったのです」

唯一の味方であったお初が結婚を機に帝都に行ってしまい、千幸は確かに一度は孤独になった。

しかしその辛い日々を、ここでわざわざお初に明かす気はない。

ただ、どうしても聞いて欲しいことはあった。

「私ね……お初と再会することが、ささやかな夢だったの」

「まあ、私などと……」

「お初が私はいつかきっと、素敵な人と出会って幸せになれるって言ってくれたから、今そんな方のお傍にいられるのだと思うわ」

「……お嬢様にも、いい人が出来たのですね」

千幸は「ええ」と、ミコトのことを思い浮かべてはにかんだ。こんなところで、夢が叶うとは予想だにしていなかった。

(でも、じゃあ……これまでの回帰では、お初は大事な娘の菊子ちゃんを失っていたということよね)

改めて、菊子を救えてよかったと安堵する。

己の決断で運命を変えられたことが、千幸の自信にもなった。

出来るならばお初と、もっとミコトのことを含めてたくさん話したかったが……千幸はその彼の安否を早く確かめなくてはならない。

「ごめんなさい、私はそろそろ行かないと……」

「お引き留めしてしまいましたね。私はこの帝都で大工を務める旦那のもとに嫁いで、菊子と三人で長屋に住んでおります。また帝都にお立ち寄りの際は、今度はお嬢様のいい方にも会わせてください」

お初は手短に長屋の住所を告げると、最後に懐から小さな筒形のブリキの缶を取り出して、千幸に「よければどうぞ」と渡した。

缶を開けて中身を見てみると、色のついた星屑が詰まっている。

「金平糖ね」

食べるのは幽世での宴以来だ。千幸は好物を前に瞳を輝かせる。

「もともとは菊子のおやつですし、こんなものが命のお礼にはなりませんが……」

「……ううん。幼い私が泣いていたら、金平糖を握らせて慰めてくれたわよね。あれから今でも大好きなの」

「お嬢様も覚えておいででしたか」

お初との思い出は、回帰の能力が発動する前のことだ。

記憶が抜け落ちていない頃で、心の支えになっていたお初のことを、なにひとつ忘れるわけがない。

「大事に一粒ずつ食べるわ」

ブリキの缶を胸に抱いて、千幸は名残惜しいがお初と別れた。湿ったワンピースの裾を翻し、アカリの店へ今度こそ急ぐ。

(あとちょっと、あの角を曲がれば……！)

大通りから外れた道を、小走りで駆けていた千幸は、見えて来たショーウィンドウにいったん安心しかけた。

アカリに会えたら、真っ先に事情を説明するつもりだ。

(あれ？)

だけど突如として、ずしりと足が重くなる。

なんの前触れもなく、鉛《なまり》の枷《かせ》でもつけられたかのように、自由に動かすことさえままならなくなった。

(足だけじゃない、体も……っ)

全身が怠く、前に進めない。

火事現場に飛び込むなど、無茶をした疲労がここで現れたのかと思うも、そんな様子でもなかった。

これは外側から、見えない圧力のようなものを掛けられている。

「うっ」

ドシャリと、ついに地面に膝をついてしまう。

その際に持っていたブリキ缶の蓋《ふた》が開いて、金平糖が散らばってしまった。

(お初からの……大事に食べるって言ったのに、拾わなきゃ)

もとより人通りの少ない道では、千幸を助け起こしてくれるような者もいない。

なんとか自力で立ち上がろうとするも、体はどんどん重くなって意識さえ朦朧《もうろう》として来る。

金平糖を拾う余力もなく、ついに倒れ伏したところで、ザッと何者かが千幸の前に立った。鼻に触れそうな位置に、足袋を履いた爪先がある。

必死に目線だけを上げた千幸は、次に顔から血の気が引くのを感じた。

「あはっ！　――無様ね、お姉様」

波打つ栗色の髪を掻き上げながら、現れた美恵は笑っていた。

お気に入りの赤地に紫の蝶が大胆に描かれた縮緬の着物を纏っており、その姿は千幸が生贄に捧げられた日となにも変わっていない。

「美恵……」

……いや、見た目は変わらずとも、彼女を取り巻く雰囲気は禍々しいものになっていた。

千幸の目には、美恵がどろどろとした黒い靄に纏わりつかれているようにも見える。

その靄はどうやら、美恵の右手薬指で怪しく光る、黒い石のついた指輪から発生しているようだ。

(あの指輪に、なにか封印されている……？　もしかして……)

靄によって千幸の体も、沈みかけの泥舟のような状態と化しているのか。

考えたくとも、もう思考が回らなくなって来た。そんな千幸の背を、美恵は下駄で容赦なく踏み付けにする。

「うぐっ！」

「流行りのワンピースなんか着ちゃって……無能のくせに、生意気なのよ。私から逃げられるとでも思った？」

体重を掛けられて、千幸の背中はギシリと軋む。湿った地面と頬がくっついて、唇に砂がつく。

「み、美恵！　私は……っ！」

それでも以前のようには負けたくなくて、なにか言い返そうとした。

もう一方的に虐げられて来た自分ではないのだ。

「私はもう、貴女には屈しないわ！　言い成りにもならない！」

「……なによ、その顔。うちにいた時とはまったく違うじゃない」

美恵はもう一度「本当に生意気」と吐き捨てた。しゃがんで千幸の前髪を掴むと、ぐいっと顔を上げさせる。

乱暴な動作に千幸は表情を歪《ゆが》ませた。

目線が合ったところで、美恵はひどく酷薄な笑みを浮かべる。

「お姉様が幸せに生きるなんて許さない。生きていられちゃ困るのよ」

「あ……」

途端、千幸の霞がかった脳内で、かつて経験した九回の死の場面が次々と流れ出す。

まるで活動写真を鑑賞しているようでもあり、すべての場面には美恵がいた。

(そうか……崖から落ちた時、私を突き落としたのは美恵だ。納屋に閉じ込められた時も、果物に毒を仕込んだのも……川で溺れた時も……)

すべては美恵の仕業だった。

千幸の命を狙い続けて来たのは、実の双子の妹だったのだ。

(私が邪魔だからって、だけじゃない……)

その目的についても、ここまで来たらある程度の推測は立てられた。しかし……それを確かめることも出来ず、いよいよ千幸の瞼は落ちていく。

ぶわっと、黒い靄が千幸までを包み込んだ。

(ミコト様……)

愛しい人の名前を呼ぼうとするも、音にはならなかった。

倒れた地面はただただ冷たい。

「おやすみなさい、お姉様」

美恵の歪《いびつ》な笑顔を最後に、千幸は気を失った。

終章　この先もあなたとなら

ゆらゆらと波の狭間に漂うように、千幸は夢を見ていた。夢なので場面はくるくると変わり、意識は霞がかってぼんやりとしている。

「……人間であるのに、あやかしの子を助けたのか。おかしな娘だな」

(ああ、ミコト様の声がする)

夢の中でも、千幸はこの耳通りのよい声が好きだと思った。ミコトは出会った時とまったく同じ姿をしている。

背景は草木が生い茂る山だ。那由多山、だろうか。

「俺が怖くはないのか？」

(はい)

そんなことをミコトに聞かれて、夢でも千幸ははっきり返事をした。

彼を怖がる日など、きっとこの先も訪れない。

「お前、名はなんという？」

(忘れてしまったのですか？　千幸です、名取千幸)

ミコトは「千幸だな」と柔らかに相好を崩した。その微笑みをもっと目に焼き付けていたかったのに、またすぐに場面は変わってしまう。

「千幸が俺の名を呼んでくれたら、俺はいつでもどこでもお前に会いに行く」

ああ、それはとても幸福な誓いだ。

これは本当に夢なのか……ところどころがやけに鮮明で、失われた記憶の一部な気もした。

ただただ千幸は、ミコトに会いたかった。

＊＊＊

「ん……」

閉じていた瞼を持ち上げて、千幸は徐々に夢から醒《さ》めた。

濡れた体は土間に寝かされ、手足は縄で縛られている。アカリのくれたワンピースはいよいよ泥々の状態で、もう着れないことを謝らなくちゃいけないな、などと頭の片隅で思う。

「ここって……？」

目隠しまではされていないので、薄暗い辺りを見渡せば、どうやら蔵の中のようだった。

天井には太い梁《はり》が通り、壁は漆喰《しっくい》で塗り固められている。周りには棚に詰められた数多の資料や、壁に立て掛けられた刀や弓矢などまでもあった。

得られる情報は限られているが、この蔵にはどことなく覚えがある。

（私は美恵に捕まって、ここに放り込まれたのよね。蔵の中身に薄っすら覚えはあるのに、場所がはっきりわからない……）

果たしてここは、アカリの店からはどのくらい離れているのか。捕まってからどのくらい時間が経っているのか。

冷静になれと自分に言い聞かせて、まずは現状を整理する。

美恵の狙いが千幸の命だとわかっている以上、早く逃げなくてはいけないが、闇雲に焦っても失敗するだけだ。

千幸は試しに、声を張り上げてみる。外に人間がいないか確認も兼ねてだ。

「ど、どなたかいませんかっ？　閉じ込められているんです、どなたか！」

返って来たのはしん……とした沈黙のみ。掠れた声で何度か叫ぶも、外部に助けを求めるのは徒労に終わる。

次に身をよじって、手足の縄を解けないか足掻いてみた。しかしこちらも、固く結ばれていてビクともしない。縄で擦れた箇所から血が滲《にじ》んだだけだった。

（手詰まりでも、どうにか逃げないと……っ）

諦めずに突破口を模索していると、軋んだ音を立てて蔵の扉が開いた。入って来たのは美恵で、千幸は全身を強張らせる。

「起きたかしら？　お姉様ったらお寝坊でなかなか起きないから、退屈していたところよ」

「……こんなこと、すべて貴女ひとりでやったの？　ここはどこ？　どうやって私の居場所がわかったの？」

扉の隙間から差し込む外の陽は、茜色をしている。時刻は夕方辺りのようだ。

千幸はとにかく会話を続けて、時間を稼ぐことにした。その隙に、なんとか突破口を見つけるつもりだ。

「質問が多いわね。なんで私が答えなきゃいけないの……と言いたいところだけど、今回ばかりはいいわ。私もお姉様と少し話がしたくて、生かしてあげているだけだから」

美恵はそのへんに放置されていた、古めかしい椅子に腰掛けた。

無様に地を這う千幸をハッと鼻で笑って、見せびらかすように指輪のついた手を掲げる。

「この指輪に封じられた強い鬼の力さえあれば、なんだって出来るの。お姉様の居場所だって、指輪が教えてくれたわ」

「鬼の力……」

「百年前の鬼といっても、力は褪《あ》せていないようね。一瞬で帝都にまで行けちゃうのだもの、もう手放せないわ」

もしかしてと、千幸が危惧していたことは的中した。

邪悪な堕ち妖の正体は、百年前にミコトが戦った悪鬼だったのだ。

（堕ち妖となって残虐非道の限りを尽くし、ミコト様に敗れて祓除師に封印されたのよね……）

その封印に使われた祓具こそが、きっとあの指輪だ。黒い石の部分が力の要なのだろう。

（そういえば、名取家の蔵には絶対に触ってはいけない……とても強力なあやかしの力を封じた祓具があると、過去にお父様がおっしゃっていたわ）

それがまさかの、ミコトとも因縁があったようだ。

名取家の先祖と、悪鬼を封じた祓除師に繋がりがあったのか。たまたま巡り巡って先祖の手に渡ったのか。そこまでは不明だが、いずれにせよ美恵は父の言い付けさえ破り、蔵で百年眠っていた悪鬼の力を解放したらしい。

（まだ封印は完全に解けていないからこそ、美恵は悪鬼の力を使えているということ？　これまでの回帰でも使っていたの？）

おそらく九回の人生とも、美恵は最終的に今のように指輪を身につけ、悪鬼の力を目覚めさせるまでいっていた。

そうであったなら、その度に何度も千幸を死に追いやることに成功した理由も納得がいく。すべて悪鬼の力を借りていたのだ。

（それならここは……名取家の、あの指輪があった蔵？）

美恵は指輪に宿る悪鬼の力で、村から帝都まで移動したという。ミコトと同じように、空間を超えて来たのだろう。

それならば同じ要領で、千幸を名取家の蔵に難なく運ぶことは出来る。蔵は屋敷の離れにあるため、よほどのことがなければ村の者にも気付かれない。

最悪の形で、千幸は生まれ育った家へと帰って来てしまったようだ。

「これはお父様もお母様も知らない、私の単独行動。まあ……お母様や屋敷の者たちは、鬼の強すぎる気に当てられて弱ってしまっているようだけど。みんな情けないわよねぇ」

やれやれとわざとらしく肩を竦める美恵は、あまりに非情だ。少なくとも梅香との母娘関係は良好だったはずなのに、母を案じる素振りもない。

（悪鬼に半分、取り憑《つ》かれている……？）

それは……千幸の回帰が始まるより、ずっと前。浄化の力の有無さえわからない、八歳くらいの頃。美恵が好奇心で一度、耕太郎から鍵を盗んで蔵に入って行く様子を、千幸は目撃したことがある。

なにをしていたのか後で聞けば、ただ中を覗いていただけだと。あの頃は双子として仲はよくも悪くもなく、まだ対等に接してはいたので、美恵は千幸相手でも素直に答えていた。

その時の美恵はきっと、指輪の存在を確かめながらも触りはしなかった。しかしそこで、悪鬼に目をつけられたのではないだろうか。

鬼は天狗ほどではないにしろ、魂の本質が見える。美恵の闇に傾きやすい危うい魂を見抜いたのだ。

(それで、十歳になって……)

浄化の力が目覚めたのは、千幸の方だけだった。

いち早く己に浄化の力がないことに気付いた美恵は、歯軋りするほどに焦り、真っ先に千幸を憎んだに違いない。

——どうして私じゃなくて、お姉様なの？

——絶対に私の方が巫女にふさわしいのに！

——お姉様なんて落ちぶれてしまえばいい。

魂が濁った瞬間、悪鬼は反応した。

それと同時に、美恵にあった特異な能力も目覚めてしまった。

「美恵……貴女には、秘密にしている能力があるでしょう？　〝簒奪〟という特殊な能力が」

「あら、お姉様ったらご存じだったの？」

あっさりと、美恵は能力について白状した。千幸の浄化の力を奪ったことも、隠す気は特にないようだ。

「お姉様にすべてを奪われることに怯えていた、十歳の夜。秋が近付く、こんな涼しい夏の夜だったかしら？　私の脳に直接、声が響いたの」

嗄《か》れながらも甘ったるいその声は、幼い美恵に「お前には特別な能力がある。奪われる前に奪えばいいのだ」と囁き、唆《そそのか》した。それは悪鬼の声だ。

軽やかに椅子から立ち上がって、美恵は恍惚《こうこつ》とした表情を浮かべる。

「そうして私は尊き巫女になって、お姉様は使えない無能になった！　すべて上手くいったのよ！」

美恵の様子は、やはり普通ではない。恍惚とした表情から一転、「なのに！」と唇をギリッと噛み締める。

「十七の春にまた、あの声が囁いて来た！　お姉様の巫女としての素質は、歴代稀に見るもの！　大人になるに連れて私が奪った浄化の力は、お姉様の素質に引かれて戻ってしまうと！」

「……だから、私の命を狙って」

「選べと迫られたのよ！　お姉様を消すか、今度は私が無能になるか！」

さすがに命まで奪うのは……と、最初は美恵にもまだ、心ある人間としてまっとうな抵抗があった。

だけど悪鬼にその心は蝕まれ、凶行に及んでしまった。

（それは……美恵ひとりの責任ではないのかもしれない）

力無き子を冷遇する名取家と村の悪しき風習が、美恵を限界まで追い詰めた。梅香と耕太郎の親としての責任も重いだろう。

（……でも、美恵に同情するのも違う。少なくとも私は、きっと許してはならないはずよ）

いくら悪鬼に影響され、周囲が追い詰めたとしても、凶行に及んだのはもともとの美恵の性根に寄るところも大きい。それは責任の所在とは別の問題だ。

（私は貴方たちを許したりなんかしないわ）

縛られた手首と足首のズキズキとした痛みに耐えながらも、千幸は美恵を、延いてはその奥にいる悪鬼までを、キッと睨み付ける。

（悪鬼の目的は、己の封印を完全に解くことよね）

最後は指輪から解き放たれて、自由になることを目論んでいる。

きっとその目的には、高い巫女の素質を誇る千幸が邪魔で、奇《く》しくも悪鬼と美恵の利害は一致した。脅威になりかねない千幸を、美恵の憎悪を利用して排除しようと悪鬼は動いた。
　だが完全に封印が解けたら、利用された美恵はどうなる？
「美恵……冷静に考えて！　このまま悪鬼が自由になれば、貴女は用済みになるの！
今度は貴女が消されるのよ！」
「はあ？」
　渾身《こんしん》の千幸の訴えは、美恵に一蹴された。
　彼女は黒い靄を纏ってせせら笑う。
「助かりたいからって、でたらめ言わないで。私は鬼の力を完璧に支配しているの。
消えるのはお姉様と、あの金の目の鬼よ」
「金の目……ミコト様のこと？」
　ハッと気付いて、千幸の額から汗が伝う。
　生温い汗は土間にポタリと落ちた。
（ミコト様は、邪悪な堕ち妖の気配を追って行った……それは確実にこの悪鬼のもの。
でも、美恵はここにいて……！）
　ミコトは罠に嵌《は》められたのではないか。
　そこまで思い当たって顔色をサッと変える千幸に、美恵は「やっと気付いた？」と
栗色の髪を掻き上げる。

「わざと気配をばらまいて、誘導したの。お姉様と引き離すためにね」

「じゃ、じゃあ、ミコト様は今頃……」

「ふふっ！　この指輪の力を使えば、そこらへんの堕ち妖を操ることも出来てね？　あの金の目の鬼に、大量の凶暴な堕ち妖をけしかけたの」

「そんな……！」

ミコトは帝都の外れ、古びた廃神社まで誘導された。そこでは美恵が用意した堕ち妖たちが待ち構えており、彼等は一斉にミコトを襲うよう命令されていた。土蜘蛛と同じくらいの強さか、それ以下でも、数を相手にすると厄介だ。ミコトがボロボロになっていく様を想像して、千幸は頭を振った。

死ぬことより、回帰を繰り返すことより、もっとも恐ろしいことはミコトの……大切な旦那様の命が脅かされることだと、千幸は痛いほど思い知らされた。

「ああ……ようやく、お姉様の絶望の顔が拝めたわ。すっかり腑抜けた顔をしていたからつまらなかったの」

「ミコト様、ミコト様は……っ」

「けどこれから、もっともっと絶望してね？」

ミコトを想って瞳を陰らせる千幸に、バッと美恵は両腕を広げてみせる。

途端、黒い炎があちこちに灯った。

轟々《ごうごう》と音を立てて炎は勢いよく燃え出す。

「見ていたわよ？　お姉様が芝居小屋の火事現場に飛び込むところ。火が大好きみたいだから……この〝鬼火〟で葬ってあげる」

風を操るミコトに対して、悪鬼はもともと火を操る鬼だった。この黒い炎は悪鬼の邪悪な念がこめられているようで、火の回りも異常なほどに早く、千幸はゴホゴホッと咳き込む。

オロチガネの鱗はもう手元にない。

このままでは、無抵抗で焼け死んでしまう。

「み、美恵……ゴホッ！」

「今度こそ、さようならよ。二度と会うことはないでしょうね、お姉様」

颯爽《さっそう》と美恵は、蔵を出て行った。千幸の方をもう振り向きもしなかった。

バタンと、無情にも蔵の扉が閉まる。

（今度こそ……もうダメ、かも……）

一日に二回も炎に包まれるなんて、運がないどころではない。鱗のおかげで火の威力を感じなかった時とは違い、肺が爛れそうな熱さに死を予感する。

貴重な資料が棚ごと灰に変わっていく様を、千幸は転がりながら見つめた。

そこで唐突に思い出す。

（最初の死も、炎の中だった……この蔵で、夜を明かしていたら燃えていて……）

なぜ蔵で夜を明かしていたのか。ほとんど空白に近かった、一回目の人生の死に至るまでの経緯がここで蘇《よみがえ》る。

ミコトとの——本当の出会いも。

＊＊＊

十七歳の、季節は梅雨。太陽が傾く夕暮れ時。

千幸はその日、雨上がりでぬかるむ那由多山で、懸命に山菜採りをしていた。夕餉でおひたしにする分が足りなくなって、慌てて編み籠《かご》を抱えて、ひとりで山に入ったのだ。

山菜が足りないのは別の女中の失態ではあったが、露呈すれば確実に千幸のせいにされる。なんとか確保して、間に合わせたかった。

「えっ!?　あなたって……」

「ヒッ……！　人間だぁ、人間こっち来ないで……！」

大木の傍に生えていた山菜を採ろうとした折りに、木の幹にぽっかり空いた穴の中で、膝を抱えて蹲る子供の河童を発見した。

そう、どこからどう見ても河童だった。

千幸に浄化の力はないが、あやかしは人間にとって害。退治するべき敵だと、名取家では教えられて来た。

けれども、ガタガタ震える子河童は幼気《いたいけ》で、人間に害を為すような悪いものには思えなかった。足に怪我もしているようで、千幸は放っておけず、迷わず着ていた粗末な着物の袖をビリッと破った。

「大丈夫、大丈夫よ。私は貴方に危害を加えないわ。手当てしてあげるから、暴れないでね」

包帯代わりに、破った袖を子河童の怪我の上に巻きながら「痛いの痛いの飛んで行け」と唱える。

ぷるぷる震えて縮こまっていた子河童は、やっと警戒心を解いたようだ。

「人間のおねえちゃん……ありがとう、さっきは怖がってごめんなさい」

「気にしないで。あやかしって、何処に住んでいるの？　君だけでちゃんと帰れるかしら？」

ちょこんと頭を下げる子河童に、千幸がそう尋ねた時だった。背後から影が差して、振り向くと背の高い男が立っていた。

（鬼……？）

呂色の上質な着物に、唐紅が映える羽織。右手にはとんぼ玉の連なる数珠。そんな恰好で佇む男は、息を呑むほどに美しかった。腰まで流れる長い紫がかった黒髪も、輝く金色の瞳も目を惹く。

しかし、額から伸びる二本の角は、人間ではない証だった。

（そうだわ……那由多山には〝あやかしの王〟と呼ばれる、醜く恐ろしい鬼が出るって……）

だけど千幸は、ちっとも怖くはなかった。子河童が「ミコト様だ！」と無邪気に反応し、それに鬼が優し気に目を細めたからだ。

（ああ、きっと……この方は悪い鬼ではない）

そう確信を持った。

ミコトいう名前も綺麗だなと、呑気な感想さえ抱く。

「……人間であるのに、あやかしの子を助けたのか。おかしな娘だな」

「ほ、放っておけなかったので……」

無能と呼ばれて蔑まれる辛い環境下でも、千幸はお初のおかげで、他者を思い遣る心を持ち続けられていた。

それに傷付いた無害な子供相手に、人間もあやかしも関係ない。

「俺が怖くはないのか？」

「はい」

　はっきりと返事をすれば、ミコトと呼ばれたその鬼は金の瞳を微かに見開いた。

　千幸には名取家にいる者たちや、村の人間の方が恐ろしいくらいだ。彼等は千幸に剥き出しの悪意をぶつけて来る。

「おねえちゃんは、僕を助けてくれたいい人間だよ！」

　子河童はなにやら黄色い花を手に、幹の穴から這い出た。その子河童の頭を撫でて、ミコトは「先に幽世に戻っていろ」と促した。

「俺はお前の父に頼まれて、お前を迎えに来たんだ。帰って来ない息子を心配していたぞ」

「う、うん！　ミコト様は？」

「……俺はこの娘に、少々興味が湧いた」

　視線を向けられて、千幸はドキリとした。

　子河童がどこからか吹いた風に包まれていなくなると、ミコトは木の幹に背を預けて座り込んだ。長い髪が優雅に広がる。

　ポンポンと横の地面を叩かれ、千幸は疑問に思うも一拍置いてから察する。

　隣に来いと誘われているらしい。

「し、失礼します……」

「お前、名はなんという？」

問われるがままに千幸が名乗ると、ミコトは「千幸だな」と柔らかに相好を崩した。その微笑みに、千幸の胸は高鳴る。

「千幸……俺はお前ほど、清廉な魂を持つ人間を見たことがない。知り合いの天狗ほど鮮明には判断出来ないが、それでも千幸の魂の輝きは誰よりも美しい」

魂がどうのと、細かいことはわからなかったが、どうやら千幸は褒められているようだ。「あ、ありがとうございます」と赤くなりながら俯いた。

「子河童を助けた優しい心根も、その素直な反応も好ましいな。俺はもっとお前のことが知りたい」

「あ……私も……」

出会ったばかりだが、千幸はミコトに惹かれるものを感じていた。それはミコトも同じようだ。

心行くまで話していたかったが、生憎と千幸は山菜を持って、夕餉を作りに戻らなければいけない。二言三言交わしたら、惜しみながらも腰を上げた。

パシッと、そんな千幸の腕を掴んで、下からミコトは真摯に見上げて来る。

「また会えるか？　千幸が俺の名を呼んでくれたら、俺はいつでもどこでもお前に会いに行く」

千幸はしばし、どう答えたものか悩んだ。

鬼のミコトと仲良く会っているところを、村の人間に見られたら大変なことになる。

だがまた会いたい気持ちには逆らえず、「この山の中でなら」と答えた。

鬼の噂の影響で、基本的に村人は那由多山に近付かない。逢瀬《おうせ》……と呼ぶのはさすがに千幸としては気が引けるが、交流するならここが一番だ。

ミコトは了承して、手を離してくれた。離れて行く低い体温が、すでに千幸は寂しかった。

「気を付けて戻れ」

「……はい」

それから、千幸は毎日のように仕事の合間を縫って、那由多山を訪れた。朝から晩まで女中扱いで働かされている千幸だが、山にだったら理由をつけて行きやすかったのだ。

ミコトとはいろいろな話をした。

蜘蛛の危険なあやかしを、ミコトが退治してくれたこと。

あやかしが住む幽世はミコトが守護していて、四つの季節で分けた領域があること。

それぞれに頭領がいること。

人間に化けて紛れ、暮らしているあやかしもいること。帝都で呉服屋を営んでいる者もいると聞いて、千幸は驚いたものだ。

子河童は無事に親のもとへ帰れたことも教えてもらった。また千幸に会いたいと話していたという。

ミコトが心から幽世の住人に慕われていることは、会話の中だけでも千幸には十分伝わった。

千幸の方からは主にお初のことを語り、好物は金平糖だとも教えた。「いつか俺からも一生分贈ろう」などとミコトが嘯《うそぶ》くため、つい「多すぎますよ！」と焦ってしまった。

梅雨が明けて、夏も盛りの時。

千幸はミコトの首裏にある火傷痕にも気が付いた。

「ミコト様、そちらの首の痕は……」

「……面白くもない話だ」

火傷を負った経緯を聞いて、千幸はミコトが背負って来たものに胸打たれた。

もうこの優しい鬼が傷付いて欲しくないと強く願って、自分が傷を癒やせるならば癒やしたいとも願った。

（ああ、私に美恵のような浄化の力があれば……）

心から労わるように、火傷痕に腕を伸ばす千幸にミコトはなにを思ったのか、真剣な眼差しで口を開いた。

「俺は……千幸に伝えたいことがある。ようやく俺も覚悟が決まった」

「覚悟、ですか？」

「だがそれを伝えるには、あと一日だけ猶予をくれ。明日も同じ時刻に、ここに来てくれないか？」

ミコトの意図はわからなかったが、千幸はふたつ返事で頷いた。

彼の頼みを断るはずがない。

なにを彼から伝えられるのか、千幸はいろいろ想定して期待に胸を膨らませた。浮かれていたとも言える。

……だから、このやり取りを木の陰に隠れた美恵が見ていたなんて、少しも気付けなかった。

翌日の夕刻。

千幸は心弾ませながら、またも山菜を採りに行く名目で、那由多山に向かおうとしていた。

「どこに行く気かしら、お姉様？」

「美恵!?」

しかし……そこを美恵に捕まり、蔵に閉じ込められてしまう。

「あ、開けて! 開けてください!」

蔵の中は暗くて埃《ほこり》っぽく、孤独感に襲われた。この時点でもう、例の指輪は美恵の薬指に収まっていたようだ。

ドンドンと扉を必死に叩く千幸を、その向こうで美恵が嘲笑《あざわら》う。

「鬼なんかと密会していた罰よ。一晩そこで過ごしなさい」

「っ! それは……っ!」

「さようなら、お姉様……浄化の力は、永遠に私のものよ」

最後の言葉の真意を、この時の千幸は理解出来なかった。

頑丈な扉は開くことなく、自力では出られそうにない。千幸はいっそ、ミコトの名を呼んで助けを請うか迷った。

『俺の名を呼んでくれたら、俺はいつでもどこでもお前に会いに行く』

あの言葉に頼っていいのか、否か。

(……ダメ、ここは巫女の家よ。あやかしの天敵だわ)

ミコトが恐れられている強い鬼だとは、重々承知している。

それでも美恵と相対し、巫女の浄化の力を前にして、万が一にでもミコトが負けることを千幸は恐れてしまった。

戦うミコトを直接、千幸が見たことがなかった点も恐れた理由のひとつだろう。ミコトの実力が如何ほどか、この時の千幸は推し量れなかった。

それに……彼がもう傷付いて欲しくないと、願ったばかりだ。

(呼んじゃダメ、呼んじゃダメ……！　ミコト様が今度は私のために、また傷を作るなんてさせちゃいけない)

そうやって千幸は、ミコトの名を呼びたくとも我慢した。

そして泣き疲れて眠って、真夜中に目が覚めたら──周りは火の海だったのだ。

＊＊＊

(これが、一回目の人生の記憶……)

黒い炎に囲まれながら、土間に倒れ込んで起き上がれない千幸は、静かに一筋の涙を流した。

頬を滑り落ちる雫は、熱を帯びて乾いていく。炎の勢いは増すばかりだ。

(あの時も美恵は最初から火を放つつもりで、私を蔵に閉じ込めたのね。指輪を盗んだこともバレないように、証拠隠滅も図って……)

悪鬼に半分取り憑かれていたとはいえ、なんと非道な行動か。

また美恵に負けてしまう運命が、千幸は悔しくてたまらなかった。

(一回目の人生で、私とミコト様はお会いしていた……彼はなんて私に伝えたかったのかな)

もう今のミコトが覚えていなくても、どうにかして聞いてみたかった。覚悟を決めてまで、千幸になにを伝えようとしていたのか。

(今なら、名前を呼んでもいいかしら……)

爆ぜる火の粉に肩を震わせながら、カラカラの喉で無理やり声帯をこじ開ける。

「ミコト……様……」

バンッ!

轟音を立てて、蔵の扉が開かれた。

ひとつに結った長い髪を靡かせ、ネクタイも外してスーツ姿を荒々しく乱したミコトが、一目散に千幸のもとへ駆けて来る。

「──千幸!」

彼は丁寧に、千幸の体を抱き上げてくれた。白いシャツから伸びる逞しい腕が、千幸の背をしかと支えている。

そんなミコトの体は、青白い光に覆われていた。炎を寄せ付けない、オロチガネの鱗の効果だ。

「なん、で……ミコト様、助け……」

「ここを出たら説明してやるから、無理して喋るな。遅くなってすまない」

力なくも、千幸はミコトの腕の中で首を横に振った。

（いつかの約束通り、呼んだら来てくださった……）

その事実だけで十分だ。

生きてまた会えたことが、ただただ嬉しかった。

千幸を横抱きにして立ち上がったミコトが、黒い炎の中を進む。

途中で千幸は、まだ燃え残っていた弓と一本の矢が、無造作に転がっているのを目に留めた。

（懐かしい……そうだわ、あれは……）

美恵と一緒に弓矢の練習をしていた頃に、千幸が使っていたものだ。子供用なので小さいが、扱いやすかった。

なかなか的に当てられない美恵が、頬を膨らませて「やり方を教えてよ、お姉様！」と千幸にねだった。千幸は「コツがあってね」と、快く手取り足取り教えてあげて……。

（ああ……私たち、ちゃんと双子の姉妹だった頃も、あったのね）

遠い記憶に想いを馳《は》せる。

土蜘蛛の目を射た美恵の腕前は、確かに千幸仕込みだった。こんなところで感傷に身をやつしてしまう。

「これが大切なのか」

「え……」

ミコトは器用にひょいっと、千幸を抱えたまま弓と矢を拾い上げた。灰になるのを待つだけだと諦めていた千幸は、驚きを露わにする。

「なにか思い出の品なのだろう？　すべて燃やしてしまわなくともいい」

そう微笑む彼が、千幸には眩しかった。

いつだって、千幸のすべてを彼は守ろうとしてくれる。

（やっぱり、私にはこの方しか……）

燃え盛る蔵から外に出ると、ミコトと一緒に千幸も包んでいた青白い光は収まった。

手足の縄もミコトが丁寧に解いてくれた。

外はすっかり夜に変わっている。

空の真ん中に掛かるのは、ミコトの瞳を思わせる黄金の満月だった。

「説明……は、後回しだな。幽世の俺の屋敷に帰って、まずは千幸の手当てを……」

「待ちなさいよ！」

千幸を横抱きにした状態で、風を起こそうとするミコトの前に、美恵が立ち塞《ふさ》がった。いよいよ彼女を取り巻く黒い靄は膨れ上がっており、あまりの禍々しさにミコトさえ顔を顰める。

「お姉様は無能のままで死ななくちゃいけないの！　無能で死ななくちゃ！　そうでないと私が……！　私が！」

血走った目で、ぐしゃぐしゃと自慢の髪を両手で掻き乱す美恵は、もはや正気が残っているとは言い難かった。

双子の妹の変わり果てた姿に、千幸は物悲しい感情に苛まれる。

「美恵……」

「……憐れだな。せめて悪鬼の支配からは解放してやろう」

ミコトはそっと千幸を弓矢と共に、蔵の炎が届かない樹のもとに下ろした。「すべて片付けて来る」と力強く告げる彼に、千幸はコクリと頷く。

バッと、赤いとんぼ玉の数珠のついた手をミコトが振ると、瞬く間に数珠は刀へと変わる。その刀を構え、ミコトは鋭い刃先を美恵へと向けた。

「悪鬼よ、もう封印は完全に解けているのだろう？　いい加減、その女を盾にせず出て来るがいい」

「ぐ、ううう……っ」

膨らんだ靄は美恵を呑み込み、彼女は尋常じゃなく苦しみ出す。

パキンッと指輪についていた黒い石が割れ、邪悪な気配が一気に解き放たれた。靄は黒い炎の塊《かたまり》と化し、ミコトに襲い掛かる。

「ミコト様……！」

刀を構える彼の火傷痕が視界に入り、千幸は悲痛な叫びを上げた。

しかし……ミコトは流麗な動作で刀を振り上げ、その炎を一刀両断する。

切っ先が満月に掛かり、月ごと真っ二つにするような、そんな鋭くも美しい一撃だった。

「百年前のように、遅れは取らん。今度こそ存在ごと消えるがいい」

断末魔の悲鳴を上げて、黒い炎そのものと化していた悪鬼は消滅した。

いや……消滅した、はずだった。

千幸の手の平に載るくらいの、手毬《てまり》のような大きさになった火の玉が、素早く飛んで逃げようとする。

往生際が悪い悪鬼は、最後まで生き延びようとしていた。

ミコトよりも先に、その火の玉を目で捉えたのは千幸だ。それはすべてが咄嗟の行動だった。

（ここで逃がさない……！）

立ち上がって傍にあった弓を構え、矢をつがえる。

美恵の中にあった浄化の力が、少しでも千幸に戻って来ていることを祈って……力を込めて、弦を引く。

一瞬で呼吸を整え、狙いを定めた。

弓を引き絞ると、真っ直ぐに火の玉に向けて千幸は矢を放つ。

――バシュッ！

弓は小さい上に扱うのも久方ぶりであったが、体に叩き込まれた動作は完璧に再現出来た。

矢は見事、黒い火の玉へと命中する。

「ぐがあああああ！」

今度こそ、悪鬼は跡形もなく消滅した。

火事の炎もあっという間に引いて、焼け跡だけがそこに残る。美恵は地面に膝をついて茫然《ぼうぜん》自失《じしつ》している。

千幸は全身から力が抜け、手から弓を落とした。そのまま倒れかけた千幸を、ミコトが受け止めてくれる。

「お前は……無茶をするな、いつも」

「す、すみません……」

「いいや、よくやった。さすがは俺の唯一の伴侶だ」

再び横抱きにされ、ミコトから柔らかな笑みと労りが送られた。それに千幸が言葉を返す前に、バタバタと複数人の足音が近付いてくるのが聞こえる。

「なっ、なぜ那由多山の鬼がこんなところに!? 千幸までも……!」

「は、離れが焼けて……!」

駆け付けたのは耕太郎と梅香、女中を含む屋敷の使用人数名と、村の有力者たちであった。ようやく大事が起きていることに気付いて、わらわらと集まって来たようだ。

屋敷の者はともかく、村人たちにまですでに騒ぎが波及していたらしい。

耕太郎は驚愕を露わにし、体調不良で寝込んでいた梅香は使用人に支えられたまま青褪めている。

使用人と村人たちは「鬼だぞ!」「美恵様はどうしたんだっ!」「なにがあった!?」と喚くばかりだ。

そんな彼等を、ミコトは冷ややかに見据える。

「この火事は……そこにいる美恵という女が、悪鬼につけ込まれて好き放題した結果だ。その女は千幸の能力を奪い、偽りの力で巫女を気取っていた」

「の、能力を奪った……？　そんなわけが……！」

「美恵！　しっかりして、美恵！」

耕太郎の動揺は、使用人や村人たちにも伝染する。ミコトの言葉は静かながら重みがあり、真実だと思わせるには十分だった。

梅香は使用人の支えを振り払って、美恵の肩を揺するも……。

「うっ、うるさいうるさいうるさい！　お姉様から奪ってなにが悪いのよ！　私は巫女よ！　巫女なの……！」

美恵はなりふり構わず、金切り声で叫んだ。愛らしい顔立ちは、醜い形相と化している。

啞然《あぜん》として言葉を失う梅香に反し、動揺しつつも耕太郎は「な、ならば！」とミコトの方を指差す。

「巫女であることを己で示せ！　あの鬼を祓うのだ！」

「わ、私が……？」

浄化の力はすでに、もとの持ち主である千幸に戻りつつある。今の美恵には、弱い堕ち妖一匹さえ祓えないだろう。

ミコトの迫力に気圧されて、美恵の頬に冷や汗が伝う。

「……そんなの、無理に決まっているじゃない！」

脱兎の如く、美恵はこの場から逃げ出そうとした。

だが悪鬼に蝕まれていた美恵の体も限界だったようで、途中でプツンと糸が切れたように倒れてしまう。気を失っているようだが、もう気遣える者もいない。

(美恵……)

千幸は苦い想いで目を伏せる。

いくら悪鬼の影響下にあったとはいえ、美恵は己の選択を最後の最後まで反省することはなかったのだ。

「ほ、本当に、美恵様は巫女ではなかったのか?」

「無能だと思っていた千幸がまさか……!」

「俺たちは騙されていたということか!?」

「ああっ、これからどうなるの……っ」

他の者たちはようやく真実を悟り、ますます混乱は広がっていくが……ミコトは容赦なく吐き捨てる。

「どこまでも自分勝手だな、お前たちは」

刀で切り付けたような鋭いひと言に、場はしんと静まり返った。

耕太郎と梅香も押し黙っている。

「この村にもう巫女はいない。薄いが残っている悪鬼の気に感化され、堕ち妖がまた村を襲うかもしれんが、俺も助ける気はない。お前たちの自業自得だ。少しは己でなんとかしてみるのだな」

絶望する人間たちに背を向けると、ミコトは一転して腕の中にいる千幸に穏やかな顔を向けた。

千幸の意識はそろそろ途切れ途切れで、眠りへと落ちかけている。

思考はもう働いていなかった。

「なにも気にせず眠るといい。次にお前が目覚めた時には、いつかの……俺が伝えたかったことを聞いてくれ」

「伝えたかった、こと……」

千幸はぼんやり不思議に思う。ミコトは一回目の人生のことを覚えているのだろうか、と。

その答えも、次に起きたらわかるようだ。

「おやすみ、俺の花嫁」

村から千幸を連れ出してくれた夜のように、ミコトは囁いた。

千幸はそれを合図に、急激な眠気に身を委ねたのだった。

＊　＊　＊

「ああっ！　目覚められましたか、千幸様！」

「タマユキさん……？」

ゆっくりと目を開いた千幸は、自分がどこにいるのか、理解するのに数秒ほど費やした。

（ここは、ミコト様のお屋敷だわ）

頭上に広がるのは、眠る前に見た夜空と満月ではない。板張りの天井が広がっており、千幸は幽世にあるミコトの屋敷の自室で、温かくてふわふわの布団に寝かされていた。

傍には涙ぐむタマユキが正座で控えている。なんだか顔を見るのがとても久しぶりな気もした。

「痛むところはございませんか？　ご気分の悪いところは？」

「と、特には……」

「千幸様は丸三日ほど、昏々と眠っていらしたのですよ」

骨の鳴る音を聞きながら上半身を起こせば、千幸はボロ切れになってしまったワンピースから、清潔な浴衣に着替えさせられていることがわかった。酷い火傷などは幸いなく、手足を縛られていた際の縄の痕には手当が施されている。

「結局どうなったのでしょう……？」

事の顛末を尋ねると、タマユキは誤魔化すことなく教えてくれた。

気を失った美恵は、生きてはいるとのこと。しかし邪《よこしま》な気が体を蝕み過ぎており、すぐには目覚めないだろうとは、ミコトの見解だ。少なくとも五年近くは回復に時間が掛かり、意識不明の状態が続くそうだ。

耕太郎や梅香、名取家の者は、ここから眠る娘の世話を責任持ってしていくことになる。

加えて巫女が不在の村をどう守っていくか、村全体に課題が山積みだ。だがそれこそ、ミコトが言うように自業自得であった。

「千幸が気にすることはなにもない。千幸が死と回帰を繰り返して苦しんだ分、あの妹は悪夢の中で、両親や周囲の者たちは厳しい現実の中で……ちゃんと苦しんでもらう」

……そう冷徹に述べたミコトは、まさしく〝あやかしの王〟と畏怖される鬼にふさわしかったと、タマユキは嬉々として語っていた。

その鬼の面は、ミコトが決して千幸に見せない部分なのだろう。

（美恵……）

最後まで双子でわかり合えることは、なかったように思う。

ただどんな形であれ、生きていてよかったと安堵するくらいには、千幸の中で情は捨て切れなかったようだ。

もう美恵と会うことは生涯ないだろうが、数年越しに回復した未来では、今度こそ反省して人生をやり直して欲しかった。

「千幸様が眠っていらっしゃる間に、様々な方がお見舞いにもいらしていたのですよ。アカリを筆頭に、ミコト様を助けて大活躍だった方々も！」

「ミコト様を助けてって……」

美恵と悪鬼の罠によって、廃社まで誘導されたミコトは、大量の凶暴な堕ち妖に囲まれていた。次から次に現れて倒してもキリがなく、早く千幸のもとに駆け付けたいのに出来ない状況に焦りを覚えていた。

だがそこに、加勢が現れたのだ。

まず狐の姿になったアカリは、敵に噛みついたり尻尾で叩いたりと大暴れ。アカリの弟も途中から「やり過ぎだよ、姉さん！」と、むしろ姉を止めに入ったとか。

巻物を渡した後のミコトの様子が気になって、様子を見に来ていた翁が助太刀を召集したようで、幽世から河童の一家やオタキまで戦いに参加し、あやかし大抗争だったらしい。

「そ、そんなことになっていたのですね」

「私も久方ぶりに、アカリみたく暴れてしまいましたわ。敵の堕ち妖を五、六匹は凍らせました」

恥ずかしそうにするタマユキも加勢していたようで、千幸は想像していたより混沌とした状況に苦笑してしまう。タマユキも意外と武闘派だ。

いつもミコトがたくさんのあやかしたちを助けているから、危機の時は逆に助けてくれるのだろう。

そうして皆が敵を引き受けてくれたおかげで、ミコトはやっとその場を離れることが出来た。オタキが「オロチガネ様からだよ！」とくれた鱗を手に、千幸の救出へ向かったのだ。

オロチガネは敵の親玉が炎を使う悪鬼だと知り、またも自らの鱗を譲り渡すことで手助けしたのだという。

「それからですね……」

タマユキがまだ語ろうとしたところで、襖の向こうから声が掛かる。ミコト本人がご登場で、千幸は変に緊張して居住まいを正した。

「千幸！　無事に目覚めたんだな……よかった」

「ミコト様っ!?」

入室すると同時に、ミコトは布団の上にいる千幸を力強く抱き締めた。彼もくつろいだ濃紺の着流し姿だ。

「お食事は後ほど、こちらにお運びしますね」

にこやかに言い残して、タマユキは下がって行った。

千幸は突然の彼の行動に目を回していたが、やがて落ち着いて来ると、確かめなければいけないことがあると思い出した。

ミコトの肩口に顔を埋めながら、おずおずと口を開く。

「ミコト様は回帰の記憶が……私と山で交流していた一回目の記憶が、あるのですか？」

「……はっきりと、ではない。だが生贄に捧げられた千幸と対面した時から、記憶の欠片はあった」

ぎゅうぎゅうと千幸を抱き締めたまま、ミコトはポツポツと明かす。

千幸の強い回帰の能力の影響で、ミコトも記憶を失っていたが、千幸と十回目で再会を果たしたことで、少しずつ思い出してはいたらしい。

普通は千幸以外、記憶の保持など出来ないため……ミコトは想いの強さひとつで、忘れなかったとしか言えないだろう。

「一回目の時、俺は千幸を救えなかったことを今でも後悔している。俺が燃える蔵に間に合っていれば……。その前にもっと早く覚悟を決めて、千幸を嫁にして幽世に連れて行っていれば、と」

「……だから、生贄に捧げられた私に、一番に『俺の花嫁だ』なんておっしゃったんですか？」

「もうお前を手放す後悔はしたくなかったんだ」

決まりが悪そうに小声でボソッと呟くミコトが、千幸には可愛く思えてしまう。殿方に失礼なのかなと前にも葛藤したが、可愛いものは可愛いのだ。

「そのおかげで、私は生きています。このまま秋を越えて冬、きっと来年の春も……ミコト様の隣にいます」

「千幸……」

やっとミコトが腕を緩めてくれ、千幸と鼻先が触れ合う距離で見つめ合う。

もう回帰の能力が発動されることはない。

千幸はそう確信出来た。

（ミコト様の火傷痕も、私にもっと浄化の力が戻れば……いずれ）

残念ながら悪鬼が消滅しても、古傷はそのままだった。だけど千幸が癒やせる可能性はまだ残されている。

それは追々でいいだろう。

「もうひとつ、教えてください。一回目で最後に聞けなかった、ミコト様が私に伝えたかったこととはなんでしょう？　求婚とはまた違うのでしょうか？」

「ある意味では……求婚なのだが……」

ミコトはじんわりと、耳まで赤くする。初めて千幸が目にする、本気で照れている表情だ。

「思えばこの言葉だけは、今世で夫婦になってからも伝えられていなかったな」

「ええっと……」

「──愛している、千幸」

ひゅっと、千幸は息を呑んだ。

それは確かにミコトから初めて聞く想いの塊で、情念を宿した真っ直ぐな金の眼差しに囚われる。

その瞳に自分が映っていることが、なによりの幸福だ。

（私も、私も伝えなきゃ……！）

ぽろぽろと溢れる涙は止まらない。

それでも嗚咽《おえつ》をあげながら、千幸も必死に想いを返す。

「私も……！　愛しています、ミコト様！」

「……ああ。この言葉を伝えるのに、ずいぶんと掛かってしまったな」

やんわりと千幸の後頭部に手を添え、涙に濡れる頬にミコトは己の顔を寄せる。分かち合うぬくもりは何処までも温かい。

千幸も彼により強くしがみついた。

「いいえ！　私は貴方からの愛を受け取るために、死と回帰を繰り返したのです！

もう二度と離れません」

「もちろん、離さない」

交わした口付けは、いつかの花火の夜よりも甘く優しかった。

（この先も、私はミコト様と生きていく）

ふたりはやっと手にした幸せを確かめるように、いつまでも互いの存在を確かめるように、深く深く抱き合っていた。

おわり

あとがき

こんにちは、編乃 肌と申します。

この度は本書をお手に取っていただき、心よりお礼申しあげます。


今作は「西洋風のファンタジーな物語だと王道の設定を、和風の物語に活かしてみてはどうか」という視点からのスタートでした。

担当さんとアイディアを話し合っていた際にこのテーマが出て、あるようでなかったかも……！と、一気にお話が頭の中で組まれて行きました。

そうして生まれたのが千幸の回帰、わかりやすく表現すると『死に戻り』の能力で、西洋風の物語ではまさに王道ではないでしょうか。それを和風の世界観で表現するというのは、私としても初の試みながら非常に楽しく書けたと思います。

前作の鬼の若様シリーズが無事に完結巻をお届け出来て、引き続いて舞台は大正時代辺り。

過酷な運命を背負った千幸と、運命的な繋がりのある鬼のミコトの恋模様をお楽しみいただけたなら幸いです。

担当さんのお墨付きは美恵で、作者自身もお気に入りです！　なにかひとつ違えば、双子姉妹の結末は変わっていたかもしれないなと書き終えてから感じました。

いつか機会があれば、美恵も含めてその後の話をお届けしたいですね。


最後に。カバーイラストを手掛けてくださった八美☆わん先生、素晴らしく美しいふたりをありがとうございます！　儚く綺麗で、ずっと見ていられます！

担当様並びにスターツ出版文庫編集部の皆様には、アイディア段階からお世話になりました。支えてくれた友人、身内、作家仲間の皆様にも感謝が尽きません。

そして読者様にありったけの愛を。いつも支えられて生きています！

こうしてまた本を通して、自作を見つけてくださり光栄でした。

本当にありがとうございます。

どこかでまたお会い出来ますように。

二〇二四年十月　編乃　肌

この物語はフィクションです。実在の人物、団体等とは一切関係がありません。

編乃 肌先生へのファンレターのあて先
〒104-0031　東京都中央区京橋1-3-1　八重洲口大栄ビル7F
スターツ出版（株）書籍編集部 気付
編乃 肌先生

妹の身代わり生贄花嫁は、
10回目の人生で鬼に溺愛される

2024年10月28日　初版第１刷発行

著　者　編乃 肌　©Hada Amino 2024

発 行 人　菊地修一
デザイン　フォーマット　西村弘美
　　　　　カバー　AFTERGLOW
発 行 所　スターツ出版株式会社
　　　　　〒104-0031
　　　　　東京都中央区京橋1-3-1　八重洲口大栄ビル7F
　　　　　TEL　03-6202-0386（出版マーケティンググループ）
　　　　　TEL　050-5538-5679（書店様向けご注文専用ダイヤル）
　　　　　URL　https://starts-pub.jp/
印 刷 所　大日本印刷株式会社

Printed in Japan

ISBN　978-4-8137-1655-6　C0193